BIBLIOTHÈQUE ITALIENNE
Dirigée par Serge Quadruppani

L'IGUANE

DU MÊME AUTEUR

CHEZ LE MÊME ÉDITEUR

La Huitième Vibration, 2010

Albergo Italia, 2016

Le Temps des hyènes, 2018

Une affaire italienne, 2021

Péché mortel, 2023

Carlo LUCARELLI

L'IGUANE

Traduit de l'italien
par Serge Quadruppani

Éditions Métailié
20, rue des Grands Augustins, 75006 Paris
www.editions-metailie.com
2025

Titre original : *Léon*

ISBN : 979-10-226-1428-3
ISSN : 1264-5834

À Bea et Francesco,
tout premiers lecteurs de cette histoire,
et à l'enthousiasme que, page après page,
ils m'ont offert

I

L'IGUANE

Amor
You don't find me
I'm a reckless
Are you knocking at the door?

Amor
Tu ne me trouves pas
Je suis un inconscient
Est-ce que tu frappes à ma porte ?

Melancholia, "Léon"

Ils trouvent Marta sous l'évier, coincée entre le tuyau d'évacuation et les détergents.

Le carabinier tend sa main libre, l'autre tient le pistolet, et la touche, mais elle continue de fixer droit devant elle, par-dessus le masque remonté jusqu'au bord des paupières immobiles. Elle frotte l'extrémité de ses doigts sur ses cheveux courts, d'avant en arrière, de droite à gauche, en alternance.

Le deuxième carabinier a lui aussi un pistolet, mais dans l'autre main il tient un portable, l'écrase contre son oreille, comme s'il voulait l'y enfoncer.

– Non, non... c'est une fille, petite, blouse, chaussettes et sabots, tous blancs...

Le premier carabinier tente de s'introduire davantage sous l'évier, il voudrait prendre Marta par un bras et la tirer au-dehors, comment a-t-elle bien pu entrer là-dedans, mais l'autre lui fait signe d'arrêter, *non*, avec la tête.

– Laisse tomber, c'est une infirmière.

– Oh, allez, tu vois pas ? Elle est en état de choc !

– Laisse tomber ! Y a l'ambulance qui arrive, ils vont s'en occuper. Le capitaine dit qu'on doit rester ensemble.

Marta fixe le vide et semble bouger les lèvres derrière le masque, mais on n'entend rien. Le carabinier lui effleure l'épaule du bout des doigts, comme pour s'excuser, et se relève, en prenant appui sur ses genoux.

Dans la cuisine, il y a deux portes qui se font face. Celle par laquelle ils sont entrés, qui donne sur le jardin de la résidence, est entrouverte, tout comme celle qu'ils regardent, derrière la table où, dans des assiettes en plastique, gisent des macaronis froids figés dans leur sauce.

Le carabinier qui est le plus avancé dans la pièce plaque son portable contre son épaule pour qu'on ne l'entende pas et tourne son visage vers l'autre, lèvres crispées par la nervosité.

– Moi, c'est eux qui me tapent sur les nerfs… *restez ensemble, restez ensemble…* tu devrais entendre la voix qu'il a, le capitaine.

Il touche la porte du bout d'une chaussure et la pousse, pistolet pointé, et son collègue aussi, à deux mains, devant lui.

On lui a dit que les logements de la résidence sont tous pareils, une rangée de maisonnettes mitoyennes aménagées dans les pavillons du vieil asile d'aliénés d'Imola, après sa fermeture.

C'est vrai. Une chambre à coucher à droite, une à gauche, et la salle de bains au fond du couloir.

La chambre à droite : porte ouverte, vide. Un coup d'œil suffit, pas d'armoire et le lit trop bas pour que quelqu'un se cache dessous.

Celle de gauche : porte entrouverte. C'est l'autre carabinier qui l'ouvre, de sa main libre, et il doit forcer parce qu'au sol quelque chose la retient, juste le tapis qui a plissé sous l'embrasure. Il y a une armoire et deux lits jumeaux, mais dans l'armoire il n'y a que des vêtements et ici aussi les lits sont trop bas.

La salle de bains au fond, en revanche, est fermée.

Fermée à clé, et la clé n'est pas dans la serrure.

– Cuisine et chambres à coucher vides, à part l'infirmière. On entre dans la salle de bains.

Il glisse le portable dans la poche de poitrine de sa veste, murmure *ils disent de faire attention* à son collègue, puis, en s'agrippant à son épaule pour garder l'équilibre, lève le genou et balance un coup de pied dans la porte, juste à côté de la poignée, dans un fracas qui emporte aussi un gond.

Ils sont dans la baignoire. Elle dessus et lui dessous, une jambe par-dessus le rebord de céramique, chaussure à moitié enfilée sur la chaussette. Le sang, de toute façon, est tout entier dans la baignoire.

Le carabinier reprend son portable.

– Deux cadavres, homme et femme. La femme a un sac en plastique sur la tête, mais… bon, alors, l'homme. Dégarni, robuste, dans la cinquantaine… non. Non, mon capitaine, deux cadavres et l'infirmière. Non, il n'y a pas d'autre homme. Je vous assure, mon capitaine, il n'est pas là !

Il articule silencieusement un juron, murmure *il veut le voir* au collègue et pointe la caméra du portable sur la baignoire.

C'est à ce moment que, tout à coup, le brigadier Gualandi commence à avoir peur.

Sans raison, parce qu'il ne s'est rien passé de nouveau, pas de bruit, aucun mouvement, le collègue et lui au milieu de la pièce, pistolets en main, et puis, il est dans le Corps des carabiniers depuis longtemps, toujours dans la rue, il a vu bien pire que deux cadavres plongés dans le sang dans une baignoire mais, d'un coup, une terreur absurde lui a raidi la nuque, lui crispant les mâchoires avec une force à faire mal.

Une peur pareille, aussi aiguë, aussi physique, il ne l'avait jamais éprouvée de toute sa carrière, ni même de toute sa vie, y compris enfant.

Et pareil pour le caporal-chef Marconi, qui fronce les narines comme s'il la flairait, acide et piquante, jusque dans sa gorge.

La Peur.

La Peur en eux deux, dos à dos, glacés par un frisson irraisonné, pistolets brandis par instinct, mais sur qui, qui, s'il n'y a personne ?

Sous l'évier, Marta s'enfonce encore davantage. Elle fixe le vide sans cesser de frotter à toute vitesse ses mains sur ses cheveux courts comme des piquants de hérisson.

Elle bouge les lèvres sans émettre de son sous le coton humide du masque chirurgical, l'élastique serré qui lui scie les oreilles les font paraître plus grandes, plus écartées qu'elles ne le sont.

Elle chante une chanson, *emmène-moi hors d'ici avant que je me noie*, attentive à reproduire dans sa tête cette petite voix joyeuse de fillette qui sautille, syncopée, sur les notes, *emmène-moi hors d'ici avant que je me noie*, juste ce vers, juste celui-là, parce que ce morceau est en japonais et Marta n'a pas réussi à en apprendre plus.

Oku o tsuretette hita mi kondeshimau mae ni.

Grazia pense : *enfin.*

Elle n'a rien senti, juste un picotement dans le dos, quand on lui a fait la péridurale, un fourmillement bref dans les jambes, avec un frisson chaud qui a disparu tout de suite. Elle ne sait même pas combien de temps ça a duré, une heure, une minute, perdue qu'elle était à fixer le néon de la salle d'opération et à répondre *oui, merci,* à l'infirmière qui lui demandait si tout allait bien, si elle était tranquille, *détends-toi, j'insiste, tout va bien ?*

Non, Grazia pense *enfin* parce que pendant tout ce temps, derrière la petite cabane verte qui la couvrait à partir du ventre, le docteur et les infirmières n'ont cessé de parler d'un nouveau restaurant qui vient d'ouvrir dans le quartier Roveri, il y était allé la veille au soir et elle, elle avait eu faim, mais rien que de penser à manger, elle avait eu envie de vomir.

Aussi, quand l'infirmière s'est approchée avec la première petite fille et qu'elle l'a posée à côté d'elle, presque joue contre joue, c'est cela qu'elle a pensé : *enfin.*

Elle a juste eu le temps de l'entrevoir du coin de l'œil, un agnelet, une frimousse contractée par l'envie de hurler, poings et paupières serrés, juste un instant, parce qu'il fallait encore sortir l'autre.

Et alors, elle a pensé de nouveau *enfin* : oui, enfin hors de son ventre ce poids qui lui creusait le dos et lui appuyait sur les côtes, parce qu'une des deux était placée plus haut, elle l'avait même vue dans la dernière échographie, entortillée sur sa sœur. Regarder l'écran l'impressionnait, aussi à chaque fois elle détournait le regard pendant que la sonde froide parcourait son ventre collant de gel et, aux silhouettes de nez et de joues dessinées en noir et blanc par les ultrasons, elle préférait le battement métallique des cœurs. C'était un truc qu'elle avait appris de son ex. Simone était aveugle de naissance et il lui avait appris à écouter, en plus de voir. C'était un bon maître, tout le temps que ça avait duré.

Les filles n'étaient pas de lui. Ils avaient beaucoup essayé mais n'avaient pas réussi, la faute à Simone, la faute à Grazia et à son travail, la faute à la situation, à tous les criminels recherchés, mais surtout aux *monstres* – elle les appelait ainsi – auxquels elle avait donné la chasse. Le Loup-Garou, le Pitbull, le Chien, l'Iguane, elle en avait un plein zoo, et même si, une fois pris, elle les oubliait, c'étaient justement les émotions de la chasse qui restaient en elle. Trop. Alors elle avait tout largué, Simone, la police, ses monstres, elle avait pris une période de congé de tout et s'était débrouillée seule.

Trente-trois semaines, jusqu'à ce que le Dr Scagliarini lui dise qu'elle était prête, les jumeaux sortent toujours un peu en avance, et il lui avait réservé une césarienne à la maternité de l'Hôpital Maggiore.

Enfin.

L'autre aussi est un agnelet, mais plus tranquille, bouche entrouverte, tendue en avant comme pour un baiser, mains ouvertes, elle aussi joue contre joue pour un instant et puis, allez, sous le plexiglas du berceau thermique, comme sa sœur.

Grazia se sent coupable.

Elle les a tellement attendues, elle les a tellement voulues que *enfin* ne peut pas vouloir dire seulement ça, que c'est enfin fini. C'est vrai, elle l'a pensé, mais elle n'aime pas ça, ça ne lui paraît pas bien, alors, elle entrouvre ses lèvres sèches, les arrache l'une à l'autre, et dit *je peux les tenir ?*

– Je peux les tenir encore ?

Mais peut-être l'a-t-elle seulement imaginé, distraite par la force avec laquelle l'infirmière lui a enlevé la petite. Son expression effrayée lui a fait peur.

Il y a quelque chose qui ne va pas.

Grazia dresse la tête et essaie de soulever ses épaules pour regarder au-delà du rideau vert du drap qui pend encore au-dessus d'elle, mais elle a juste le temps de voir les infirmières qui poussent les berceaux thermiques des filles, hors de la pièce, en courant.

Il y a quelque chose qui ne va pas.

Grazia essaie encore de parler, elle voudrait demander des nouvelles des petites, elles vont bien, elles vont mal, qu'est-ce qui se passe, elle voudrait demander au médecin en train de se dépêcher de la recoudre, si vite qu'elle le sent un peu, mais de nouveau il y a quelque chose qui la distrait, quelque chose qu'elle a vu mais qui est arrivé un instant plus tard.

Celui qui maintenait la porte grand ouverte pour laisser sortir les infirmières, c'était un policier en uniforme.

Et il y en a un autre à côté d'elle. Il pousse le pied à perfusion pour avancer en même temps que le lit qui bouge et l'emmène au-dehors dans un mouvement si décidé que ça lui donne la nausée. Elle a l'esprit confus, Grazia, elle est étourdie et ne comprend pas. Qu'est-ce qui se passe ?

– Qu'est-ce qui se passe ?

Cette fois, elle l'a vraiment dit, et même elle l'a hurlé, parce que le policier de la perfusion s'est retourné d'un coup.

– Nous vous emmenons en sûreté, inspecteur. L'Iguane s'est échappé*.

---

* L'Iguane apparaît pour la première fois dans *Almost Blue*, du même auteur, chez Gallimard, La Noire, 2001. (*Toutes les notes sont du traducteur.*)

Mon problème ce sont les doigts.

Je n'ai jamais eu une prise forte. Il n'y avait pas de raison. En trente-cinq ans, je n'ai jamais fait de sport ou même quoi que ce soit qui puisse ressembler à une activité physique.

Ce n'est pas parce que je suis aveugle. J'ai rencontré des personnes, durant la brève période où j'avais commencé à fréquenter des gens, qui, tout en étant comme moi, non-voyantes de naissance, jouaient au base-ball. On peut tout faire avec le reste des sens, y compris attraper une balle contenant une clochette et courir d'une base à l'autre le long du fil qui délimite le terrain. Surtout avec l'ouïe. Ce qui définit et redessine le monde autant et plus que la vue. Les oreilles, si vous savez vous en servir, sont rapides et précises autant et plus que les yeux.

Avec les oreilles, je voyageais. Et pas seulement grâce à ce que les sons pouvaient évoquer dans l'espace de mon esprit. La musique, par exemple, ou le son des mots que je ne connaissais pas, ne pouvais pas connaître, comme le nom des couleurs. Je donnais un sens et une forme à des mots comme *rouge*, *vert* ou *bleu* qui venaient du bruit qu'ils faisaient, du son qu'ils portaient en eux. R*ou*ge était une chose l*ou*rde, le ve*r*t b*r*ûle, et le *b*eau était *b*leu.

Mais, surtout, je voyageais. Parce que le son court, les ondes sonores s'élargissent et s'éloignent, très rapides, et si vous avez un scanner comme celui que j'utilisais, qui interceptait les radios des taxis, les CB des camionneurs, les portables des gens, voilà que la portée de votre ouïe arrivait beaucoup, beaucoup plus loin que là où vous pouviez arriver avec une longue-vue. La vue, me dit-on, pointe dans une direction, et une seule. L'ouïe est panoramique.

Voilà ce que je faisais. Je m'asseyais dans ma mansarde, seul. Je mettais un disque sur la platine, toujours le même, "Almost Blue", dans la version triste de Chet Baker, j'allumais le scanner et je commençais à voyager, à voler, dans une grande ville, une très grande ville, aux formes et aux couleurs des sons que j'entendais. Une Bologne psychédélique, disait Grazia, quand je la lui racontais.

Maintenant, je ne voyage plus.

Il s'est passé tant de choses. Je suis tombé amoureux d'une voix *bleue*, je l'ai aidée à pourchasser une voix si *verte* qu'elle fait encore entendre son grognement quelque part dans ma tête, sans que j'aie jamais réussi à l'oublier.

La voix de l'Iguane.

La voix de Grazia, elle, je ne me la rappelle pas.

Je l'ai fait exprès, je m'y suis employé. Parce que oui, il s'est passé tant de choses, elle a pourchassé d'autres monstres, d'accord, et quand c'est le cas, elle ne pense à rien d'autre, oui d'accord, nous avons essayé d'avoir des enfants et nous n'y sommes pas parvenus, d'accord pour ça aussi, mais ce ne sont pas pour ces raisons-là que ça s'est terminé.

À la vérité, je ne sais pas pourquoi c'est arrivé. Peu à peu, nous avons commencé à nous disputer, nous avons cessé de faire l'amour, de nous parler comme avant, de nous entendre comme avant, et alors nous nous sommes quittés.

Tous deux convaincus qu'il n'y avait rien d'autre à faire, aussi bien elle que moi, oui, moi aussi, d'accord.

Mais j'ai trouvé ça insupportable.

C'est pour ça que j'ai cessé d'écouter.

Il faut que je pense aux doigts. Serrer fort le métal, comme si je voulais atteindre mes paumes du bout des doigts. Je ne dois pas l'oublier.

Je fais glisser mes semelles sur le sol, doucement, jusqu'à ce que je rencontre la barre qui me touche entre tibia et cheville. Alors, je recule d'un demi-pas, un peu moins même, pour avoir la barre en travers sur les pieds, exactement au milieu. Je n'ai pas besoin d'ajuster les jambes, qui sont déjà ouvertes comme il faut. C'est une chose que j'ai faite au moins une centaine de fois.

Depuis plus d'un an, je fais des haltères.

Plongé dans un silence total, je vaincs la force de la gravité avec celle des muscles. La courbe du dos, les épaules, la fermeture des omoplates et la position des jambes, la respiration. Je me concentre sur l'intensité du mouvement. Le poids importe peu, ce n'est qu'un chiffre à atteindre, une limite à franchir pour passer à un autre mouvement, encore plus plein, encore plus intense.

Je ne le fais pas pour ma santé, qui ne m'intéresse pas, et encore moins pour l'esthétique. Je ne sais pas comment je suis et peu m'importe, je ne me vois pas.

Mais je me sens.

Sous la peau, les fibres musculaires se contractent et se raccourcissent, écrasées par la surcharge, forcées par la répétition, elles se gonflent dans l'acte de pousser et tirer, explosent dans la puissance d'une force qui arrache et soulève, se raidissent jusqu'à faire mal, et tout cela me plaît. Ça me fait sentir que j'y suis. Mais pas dehors, où je ne veux plus être.

Dedans.

J'ai remplacé l'ouïe, qui pour moi est le sens le plus long, sans limites, par le plus court. Le toucher. Rien ne va au-delà de ma peau. Les confins de mon monde sont ceux de mon corps. N'existe que ce que je sens sous mes doigts, les courbes solides qui bougent dans le mouvement, les formes qui changent sous le bout de mes doigts, et aussi cette torpeur qui mord ma chair quand je ne fais rien et sert à me faire sentir que j'y suis.

Sous la peau, dans la peau. Je vis dedans. Comme ces gamins japonais qui ne sortent pas de leur chambrette. Voilà, je suis un hikikomori.

Un hikikomori du corps.

Je plie les genoux et fléchis les jambes, abaissant les fesses vers le sol et en même temps je garde le dos droit, les omoplates rentrées, comme la gentille voix du Viking me l'a appris dans le tutoriel que j'ai téléchargé.

Au début, pris de frénésie, je me suis fait mal. Mal aux épaules, aux coudes, aux reins, exercices inutiles et erronés, trop de poids ou trop peu, sans l'équipement adéquat. Alors, j'ai commandé sur Amazon tout ce que je croyais pouvoir me servir et j'ai mis sur pied une salle, chez moi. J'ai téléchargé fiches, programmes et cours, manuels de biomécanique, j'ai étudié, je me suis perdu dans les tableaux de Prilepin, 5x5 et Bill Starr modifiés, puis j'ai arrêté.

Le mystère neurologique par lequel tout arrive ne m'intéresse pas. Je ne veux pas non plus mémoriser le nom des muscles. J'ai appris ce dont j'ai besoin et je le fais, concentré sur le mouvement, sur le poids et sur ce qui se passe sous ma peau.

En silence.

Au début, l'absence de bruit me provoquait un bourdonnement dans les oreilles, mais toujours plus léger, comme un moustique qui s'éloigne, jusqu'à ce qu'il cesse. C'est devenu un silence liquide et compact. Un silence de mercure.

C'est ainsi que j'ai réussi à oublier la voix de Grazia. Sa voix bleue.

J'ai cessé d'écouter.

Je tends le bras jusqu'à ce que je sente le métal de la barre. Je l'agrippe, index à la limite de la partie striée.

Je dois me rappeler les doigts. Bien les serrer pour ne pas me laisser distraire par la peur de perdre la prise. La charge n'a pas d'importance, c'est seulement un chiffre progressif, une limite à dépasser. Je dois me concentrer sur le mouvement. Remplir mon ventre d'air pour renforcer la colonne vertébrale. Pousser vers le bas avec les jambes comme si je voulais m'enfoncer dans le sol. Tirer vers le haut sans perdre l'alignement du dos.

C'est juste à ce moment, quand je suis sur le point d'arracher l'haltère du sol, que je la sens.

Je la sens sur la peau.

La peur me couvre les bras de frissons qui brûlent, serrés comme des nœuds.

Il y a quelqu'un dans le silence de ma salle obscure.

Quelqu'un.

Ou quelque chose.

Il a détecté ma présence.

Il est immobile et ne respire même pas.

Il ne parle pas.

Le dernier bruit que j'ai entendu a été le froissement de ses vêtements quand il s'est redressé.

Moi, je n'ai pas fait de bruit. Je le sais. J'ai laissé mes vêtements hors de la pièce, je m'accroche des pieds et des mains sur le sol pour m'approcher, sans ramper.

Il a senti que j'étais là d'une autre manière. Et moi je sens qu'il a peur, je la flaire de mon nez de souris, si forte qu'elle me fait retrousser les lèvres et que je pourrais l'aspirer entre mes dents, mais je ne veux pas faire de bruit, parce que je n'ai pas encore décidé.

Alors je pense.

Je pense.

Je pense.

Il me semble avoir entendu un bruit.

C'est comme quand vous vous apercevez que quelqu'un parle depuis un moment mais que vous n'avez pas compris ce qu'il a dit parce que vous ne l'écoutiez pas.

Quelque part, perdu dans ma mémoire, j'ai le souvenir d'un son, toujours plus lointain et indistinct, comme un rêve après le réveil.

Mais il y en avait un, je l'ai entendu.

Il y a quelqu'un ici avec moi.

Je voudrais demander, *il y a quelqu'un ici*, mais je n'y arrive pas, et pas seulement parce que j'ai la voix cassée et les lèvres scellées par des journées de silence.

D'un coup me sont revenues en mémoire toutes les sensations d'alors, l'odeur du sang de ma mère tuée par ce monstre, le raclement de sa voix verte qui me parle à l'oreille, la peau glacée de ses cuisses nues qui me serrent pour me tenir immobile, la lame qui fendait l'air devant mon visage, *Mon Dieu, ce hurlement!*

J'AI PEUR.

Je n'ai pas besoin de demander, je sais qui est ici avec moi, dans le silence de ma salle sombre. Je n'ai même pas besoin du souvenir d'un bruit, parce que je le sens sur ma peau.

Je sais que c'est impossible, parce qu'il est enfermé dans un asile de fou dont il ne sortira jamais plus.

Mais c'est lui.

C'est l'Iguane.

Je pense.

J'ai pensé que ce n'est pas lui que je veux.

J'avais apporté un couteau, un vrai, pas un de ces petits couteaux de plastique avec lequel j'ai coupé la gorge du chauve dans la baignoire.

Mais maintenant que je l'entends haleter, que j'aspire sa peur sur mes dents de souris, je m'aperçois que je n'ai aucun désir de le tuer.

Ce n'est pas lui que je cherche.

Il y a de nombreuses années, j'avais une souris qui s'appelait Andrea. Une petite souris blanche, un cobaye du laboratoire où travaillait mon père, il me l'avait apporté pour mon anniversaire. J'avais cinq ans, je crois, je ne m'en souviens pas.

Je faisais une chose avec Andrea. J'ouvrais la petite cage où je le gardais, puis me mettais à l'autre bout de la pièce et l'appelais en claquant une main sur ma cuisse.

Andrea!

Il partait en courant, me montait sur la chaussure, se glissait dans mon pantalon, grimpait le long de ma jambe, passait sous mon t-shirt et débouchait sur mon cou. C'était un numéro que je faisais toujours, comme au cirque, mon père et ma mère riaient chaque fois, et je riais moi aussi. Je rayonnais. Je l'aimais, Andrea, ma petite souris blanche.

Puis, un jour, en remettant Andrea dans sa cage, j'ai refermé la porte sur sa queue et il m'a mordu. Je l'ai jeté au sol si fort que le sang est sorti de sa bouche grand ouverte. Puis je l'ai écrasé sous ma chaussure.

Mais lui, l'aveugle, il ne m'a rien fait.

Et je ne l'aime pas.

Non, ce n'est pas lui que je cherche.

Alors, je m'accroche des pieds et des mains sur le sol, et sans faire de bruit, je m'en vais, à reculons.

Je pense : *je suis une souris.*

Je m'appelle Andrea et je suis une souris.

Ansa.it
Dernières nouvelles.
Imola : double homicide dans une résidence pour anciens patients psychiatriques.
Imola : double homicide, troisième locataire porté disparu.
Imola : troisième locataire responsable de plusieurs meurtres par le passé.
Imola : on recherche le tueur en série Alessio Crotti, dit l'Iguane.

Bologne 5

Roberto tend le bras et tourne sur lui-même en cherchant le bon cadrage. La lumière, ça va, il ne fait pas encore trop sombre et le lampadaire de la station de la piazza Re Enzo semble mis là exprès pour donner de la profondeur. Il glisse la main par-dessus la vitre de la portière et monte le volume de la stéréo, juste ce qu'il faut pour que son joyeux electro-swing fournisse un fond sonore sans brouiller sa voix. Il sait comment ça marche, il en a fait beaucoup, des vidéos de ce genre, durant la pause entre deux courses il donne son avis, raconte ce qui lui est arrivé, fait l'idiot comme il dit lui-même, et ensuite il met ça sur Twitter.

Donc, il fait quelques pas en avant pour prendre au mieux le numéro du centre antiviolence de la Maison des femmes qu'il a fait imprimer sur le capot du taxi, cale sa tête ronde dans le cadre et commence. Les yeux écarquillés sur l'image retransmise par la caméra du téléphone, les reflets rougeâtres du lampadaire sur son crâne nu, la bouche qui s'élargit sur sa barbiche courte, quand les mots s'ouvrent à lui, à la bolonaise. Ironique mais pas toujours, naturellement histrionique, on lui a tellement dit qu'il devrait être acteur.

– Ça va être une nuit difficile parce que je vais devoir travailler jusqu'à demain matin avec le terminal de carte bleu cassé… – souligné – … *ça marche pas* – il montre l'appareil et le fait tourner devant son visage –, j'avais le terminal ancien modèle jusqu'à récemment, et puis la banque et la coopérative m'ont convoqué, le vieux n'a plus de mise à jour, on doit te donner le nouveau… bi*eeee*n – avec le *e* serré –, putain, on se modernise – avec l'accent bolonais –, ils vont me donner un super modèle ! – De nouveau l'appareil devant le visage. – Ça c'est une grosse m*e*rde – avec le *e* serré. – UNE VRAIE BOUSE ! – hurlé, puis, lugubre : – Ça marche pas. Il a duré deux jours et puis ce soir, après la première transaction effectuée et imprimée, ça marche plus ! Il a disparu, il est mort ! – Avec un sanglot dans la voix qui lui tire vers le bas même le coin des yeux. – C'est une vraie bouse, je voulais le vieux, celui qui fonctionnait bien, maintenant je dois travailler toute la nuit et je ne peux pas accepter les cartes, donc... – assez gémi, regard impitoyable – ... je passe pour le connard qui trouve une excuse et dit – en chantonnant – *non, mon terminal est cassé...* – très dur, maintenant – IL EST VRAIMENT CASSÉ, C'EST UNE MERDE, JE VEUX MON VIEUX TERMINAL ! – Silence, regard oblique. Funèbre. – Ça va être une belle nuit, ça.

Il y a un client. Au coin du cadre Roberto le voit se diriger vers la station, où il n'y a que son taxi, et il interrompt l'enregistrement. Il est encore sous le portique du cinéma Modernissimo, il a le temps de poster la vidéo sur Twitter et de remettre son masque avant de s'asseoir au volant. Il le lui dit tout de suite, *excusez-moi, mon terminal est cassé*, mais l'autre ne semble pas l'écouter et, tout en s'installant à l'arrière sur la droite, il murmure une adresse que Roberto doit se faire répéter.

C'est où, ici, à Bologne ? Ah, Imola ? Non, non, ça va, pas de problème.

Il met le compteur et démarre. Il tourne à droite vers les deux Tours et jette un œil dans le rétroviseur à l'homme assis à l'arrière. Il ne l'a pas bien vu parce qu'il porte un FFP2 qui lui cache la moitié du visage, et lui, au contraire, les clients il les regarde, et il leur parle, et même énormément, quand l'occasion se présente, parce qu'il y en a qui font vraiment chier, surtout en cette période de no vax, no mask, no ceci et no cela, mais il y en a aussi beaucoup d'intéressants et de bizarres, surtout de nuit, et lui il fait presque toujours le service de nuit.

Celui-là, il est bizarre, en fait, même s'il ne saurait dire pourquoi. Alors il le regarde dans le rétro et, comme la lumière du portable ne se reflète pas sur son visage et qu'il ne semble absorbé par rien, Roberto se prépare à lui poser une question quelconque, prêt à laisser tomber s'il ne répond que par un monosyllabe, parce que lui non plus il ne veut pas être du genre à faire chier.

Mais il n'y arrive pas.

L'homme retire son masque, comme pour respirer, et tourne la tête de côté. Puis il le remet et recommence à fixer le vide.

Roberto déglutit et garde le silence pendant tout le voyage, le regard droit devant lui.

Quand il revient à la station de Bologne, Roberto coupe le moteur et attend, sans se retourner. Il regarde dans le rétro l'homme en train de compter l'argent, précis jusqu'au centime. Il s'était fait déposer sur une petite route du côté de la Rocca, la forteresse d'Imola, lui avait demandé de l'attendre et puis avait disparu à un angle. Pour la première fois, Roberto avait espéré que ce soit une arnaque, que l'homme ne se manifeste plus, et il avait même pensé un instant à repartir en le laissant là, mais ensuite l'homme était réapparu et s'était fait ramener à Bologne.

Dès qu'il se retrouve seul, il baisse la vitre, réfléchit un peu et prend son téléphone. Il ne règle pas le cadre, il lui suffit de se voir sur l'écran. Il réfléchit encore un peu, puis appuie sur le rond rouge de l'enregistrement et commence.

– J'ai vu le Diable.

Ça lui paraît exagéré de le dire comme ça, à voix basse, comme s'il y réfléchissait, ce qu'il est effectivement en train de faire. Il voudrait corriger le ton mais il lui vient plus inquiet, surpris, qu'ironique.

– C'est-à-dire, je charge ce type, grand, maigre, pâle, dégarni, en veste et cravate, avec un gilet en plus, il fait encore chaud, regardez ça, moi je suis en t-shirt… mais ce n'est pas pour ça. Il a ce masque noir écrasé sur le nez qui lui fait… – il fait bouger sa main en crochet sur son menton, comme pour allonger son visage – mais ce n'est pas pour ça non plus, avec les FFP2, on ressemble tous à Hannibal Lecter, ce n'est pas pour ça, non.

Il secoue la tête et passe une main sur son crâne rasé, puis se gratte la barbe. Regarde vers le haut, hors du cadre.

– C'est qu'à un certain moment, il a tourné la tête sur le côté, et c'est peut-être à cause du lampadaire, peut-être à cause du phare d'une autre voiture, mais ses yeux sont devenus blancs. C'est-à-dire, blancs… comment je pourrais décrire ça, ça a duré une seconde… genre les requins qui mordent dans les documentaires. Des yeux de fou. Des yeux d'assassin.

Il exagère ? Il se le demande encore, mais maintenant il est lancé, il ne réussit pas à faire l'idiot avec ça, alors même qu'il le voudrait, et puis il se parle à lui-même, et de fait, voilà un souvenir.

Le concert d'Elton John à Moscou, au début des années 80. Il est tombé dessus quelques jours plus tôt sur YouTube, par hasard, et il a été impressionné parce qu'il l'avait vu enfant, dans une émission spéciale de la télé.

Le type aux percussions. Ray Cooper.

– Pareil. Il ne lui manquait que les lunettes, même le gilet il l'avait. *Sòccia*, putain, bon Dieu… il y a une séquence où il apparaît d'un coup sur scène, le projo s'allume au milieu de la fumée, il fait un roulement de baguettes sur les tambours puis s'arrête, se tourne de côté avec ces yeux et sourit. Comme ça, exactement… *sòccia*, bon Dieu. Parce que j'en ai vu beaucoup des gens bizarres, et pas seulement dans le service de nuit, des gens incroyables, des dealers, il y a ceux qui tiennent de ces discours, des fous, tiens, j'ai déjà dû charger des assassins, qui sait, mais lui, là…

Il secoue la tête et se regarde dans les yeux. Il se parle à lui-même, il n'aurait pas non plus besoin de les dire, ces mots, mais lui il est comme ça, un peu histrion, et les trucs qui arrivent, il faut qu'il les sorte de manière qu'on les voie. Même s'il chuchote si bas que la caméra l'enregistre à peine.

– Ce soir, j'ai vu le Diable.

Il touche à nouveau le rond rouge et arrête l'enregistrement. Maintenant qu'il l'a fait, tout ça lui semble un peu exagéré. Peut-être la fatigue, peut-être la faim, peut-être l'influence d'un vieux souvenir. Ray Cooper… il n'avait même pas les lunettes, juste le gilet. Finalement, vous voulez voir que le plus bizarre de tous, comme d'habitude, c'est lui en fait ?

Roberto hausse les épaules. Il secoue la tête. Tapote du pouce sur l'écran du portable et efface la vidéo.

À Monteombraro, il faisait déjà froid. Grazia avait essayé d'allumer la chaudière sans y parvenir, alors elle avait enseveli les jumelles sous les couvertures qui les enveloppaient étroitement jusqu'au-dessus des oreilles, jusqu'à ce qu'Ersilia, la policière grassouillette à la tête des gardes du corps qu'on lui avait assignés, et qui avait élevé trois enfants, lui dise que les bébés bougent dans leur sommeil et rejettent tout à coups de pied, il fallait bien les habiller, pas les couvrir trop, et de toute manière il ne faisait pas si froid.

Donc maintenant elles dormaient au centre du grand lit, un côté poussé contre le mur, et deux chaises de l'autre côté qui servaient de rebord avec leurs dossiers, emmitouflées dans les barboteuses de l'hôpital parce qu'ils n'avaient pas eu le temps de passer chez elle avant de foncer dans cette petite villa des Apennins. Grazia les avait observées longtemps avant de se décider à les laisser, puis avait quand même tiré sur elles les couvertures en les bordant sous les coussins qu'elle avait disposés derrière leurs dos, de manière à ce qu'elles restent sur le côté, l'une face à l'autre.

La villa n'était pas mal. Isolée au milieu d'un bois, avec une seule route d'accès, en terre et fermée par une barrière, elle avait une espèce de bureau à l'étage, avec une belle baie donnant sur la vallée. Grazia avait cependant insisté pour que la réunion se tienne dans la cuisine, parce qu'elle était tout à côté de la pièce où les petites dormaient, juste derrière la porte entrouverte. Mais elle le regretta vite.

Le questeur adjoint Carlisi, qui avait été son chef à la Criminelle de Bologne jusqu'à ce qu'elle se mette en disponibilité, parlait fort, voulait fumer et avait à la rigueur accepté de rester assis sur le rebord de la fenêtre, d'où il parlait encore plus fort.

Assis à la table de formica blanc, dans l'attente d'un café qu'Ersilia était en train de préparer avec la cafetière italienne, il y avait deux inconnus.

L'un était un petit homme chauve qui ne tenait pas en place sur sa chaise, les joues rouges comme s'il avait la fièvre. C'était Persichetti, le psychiatre qui dirigeait le service qui avait en charge l'Iguane, et ce devait être la manière dont Carlisi avait insisté sur le titre, *dottor* Persichetti, avec le *r* allongé, un peu trop, qui lui avait chauffé le visage.

L'autre était une femme, une rousse aux cheveux très courts que le questeur adjoint n'avait pas eu le temps de présenter parce qu'elle s'était tout de suite lancée dans une dispute avec le médecin.

– Alessio Crotti a tué un nombre indéterminé de personnes, nous n'avons jamais réussi à l'établir, mais elles sont nombreuses, au moins huit. Et pas juste tué, il les a massacrées, avec une violence qu'on ne peut même pas imaginer…

– Je le sais, *dottore*[*]…

Persichetti aussi avait insisté sur le titre, en allongeant le *t*.

– Une bête sauvage qui changeait d'identité à chaque homicide et qu'on appelait justement pour ça l'Iguane, parce qu'il changeait de peau…

– Je le sais, *dottore*, je le sais très bien, mais…

– Et vous, vous sortez un sujet pareil de l'Institut psycho-judiciaire pour le transférer dans un foyer ? Alessio Crotti ? L'Iguane, bordel de merde, l'Iguane !

* *Dottore* (masc.)/*dottoressa* (fém.) est le titre que les Italiens utilisent encore le plus couramment, il désigne toute personne censée être titulaire d'un diplôme (la *laurea*) correspondant à Bac+3.

Grazia regarda la porte entrouverte. Elle était sur le point de faire signe de baisser la voix mais Persichetti parlait dans un murmure étouffé, parce que la colère lui serrait la gorge.

– Cela fait presque dix ans que le patient était stable et sous contrôle. Il a toujours pris les médicaments prescrits et n'a jamais, je répète jamais, donné prise à aucune espèce d'évaluation négative...

– Merde alors, *dottore*... un patient modèle.

– Oui, *dottore* ! Et en fait, nous l'avons considéré apte à être transféré de l'Institut psycho-judiciaire vers une structure plus adaptée à ses progrès...

– Avec deux autres barjots...

– Avec un couple de patients autosuffisants ! s'exclama Persichetti, les joues en feu. Et puis, bon sang, votre Iguane est aveugle, nom de Dieu, aveugle ! Et puis...

Persichetti leva un index et le fit tourner en l'air pour signifier qu'il était aussi petit et maigre, leur Iguane. Il allait ajouter quelque chose mais serra les lèvres parce que Carlisi souriait, méchant, et lui, le psychiatre, il avait déjà compris ce que le policier allait dire.

– Mais bien sûr... un patient modèle, sédaté et tranquille, qui doit peser dans les cinquante kilos et qui est aveugle, en plus. Peu importe que ce soit un tueur en série qui a appris à bouger comme s'il avait un radar puisque, de toute manière, il est guéri ! Et voyez-vous ça, il tue ses colocataires, l'un, il lui coupe la gorge avec un couvert en plastique – je ne sais même pas comment c'est possible –, et l'autre, il lui met un sac sur la tête, la balance dans tous les sens puis l'étouffe. Et il aurait aussi tué l'infirmière s'il l'avait trouvée avant que les carabiniers n'arrivent. Oh oui, *dottore*, vraiment un patient modèle. Dites-le donc à elle, c'est elle qui l'a attrapé en manquant d'y laisser sa peau !

Grazia se retrouva avec tous les regards tournés vers elle. Elle était assise loin de la table parce qu'elle avait remonté ses jambes, calé les talons au bord de la chaise et enlacé d'un bras ses genoux. Elle avait enlevé les tongs qu'elle portait parce qu'elle sentait ses pieds trop gonflés pour porter des chaussures, et s'en massait un de sa main libre.

– Ça ne vous fait pas mal de rester assise comme ça ? s'enquit la rousse aux cheveux courts. Vous venez juste de subir une césarienne.

Ce n'était pas faux mais Grazia secoua la tête. Les effets de l'épidurale n'étaient sans doute pas encore passés car, physiquement, elle se sentait très bien, juste un peu fatiguée. Néanmoins, elle avait l'esprit confus, elle ne réussissait pas à se concentrer et, après tout ce qui était arrivé, qu'elle ne parvenait pas encore à saisir complètement, elle aurait dû poser un tas de questions, nombreuses et très précises.

Elle décida de commencer par cette femme qui la regardait depuis l'autre bout de la table. Elle pouvait être un peu plus ou un peu moins âgée qu'elle ne semblait, avec cette coupe très courte et cette couleur de cheveux qui pouvait même être naturelle. Les pommettes tellement hautes et lisses qu'elles devaient être refaites ou peut-être pas, peut-être que c'étaient encore les siennes. La peau bronzée par le jogging au grand air et les muscles tonifiés par la natation et le pilates qui se devinaient sous l'échancrure du pull. Une belle femme, indubitablement.

– Vous êtes le magistrat ? demanda Grazia.

– Non, dit Carlisi. On n'en a pas, de magistrat. Le Parquet a délégué l'enquête aux carabiniers. Le substitut doit être avec eux en ce moment.

– Je m'appelle Anna Maria Cescòn, dit la femme avec un vague accent vénitien. Je fais partie de l'Unité pour l'analyse des crimes violents. Et ici, c'est moi qui commande.

Le questeur adjoint éteignit sa cigarette sur le rebord de la fenêtre, laissant le mégot au centre d'un petit cercle noir.

– En théorie, l'UACV aurait avant tout un rôle de conseil…

Mais il semblait résigné.

– Ça a changé. Et n'oublions pas que c'est justement notre bureau qui a pris l'Iguane, quand l'inspecteur Negro en faisait encore partie. Je me trompe ?

Grazia secoua la tête. Elle ne se trompait pas.

Le café commença à gargouiller dans la cafetière. Grazia confondit le bruit avec un gémissement des jumelles et se leva d'un bond de sa chaise. Une douleur légère sous le ventre lui rappela que oui, la femme de l'UACV avait probablement raison, il valait mieux y aller doucement. Elle alla à la porte, pieds nus, et regarda les petites qui dormaient, poings serrés et bouches entrouvertes. Quand elle revint à sa chaise, elle reprit sa position d'avant, genoux relevés, parce qu'elle avait déjà oublié.

– Je veux un lit à barreaux, dit-elle à Ersilia qui lui versait le café. Et je manque de tout, biberons, stérilisateur… couches.

– On a l'habitude de cacher les repentis de la mafia, on n'est pas une crèche…

Grazia ignora Carlisi et regarda Ersilia, qui hocha la tête, *je m'en occupe.*

L'odeur du café lui fit venir la nausée. Durant sa grossesse, elle n'en avait jamais bu, même si cette boisson ne figurait pas dans la longue liste de ce qui était déconseillé. Elle s'aperçut soudain que c'était le jambon qui lui manquait le plus et cette idée lui remplit la bouche d'une salive incontrôlable, au point qu'elle dut déglutir. Anna Maria Cescòn, elle, avait déjà vidé sa tasse.

– Si nous ne sommes pas saisis de l'enquête par le magistrat, pourquoi êtes-vous là ? demanda Grazia. Moi, je suis cachée par mesure de protection, vu que l'Iguane pourrait se venger, mais vous ? Pourquoi êtes-vous ici ?

– Parce que Iaccarone veut que ce soit nous qui l'arrêtions, répliqua Carlisi. Et comment dire non au chef de la police ? Les cousins ont la saisine parce que les voisins les ont appelés quand ils ont entendu hurler dans la résidence.

– Ce qui n'était jamais arrivé avant, dit Persichetti, mais Carlisi l'ignora.

– Mais l'Iguane, c'est notre boulot. Et, de fait, le Chef a détourné la *dottoressa* Cescòn, qui avait une autre mission dans le coin, et l'a envoyée nous aider.

Anna Maria lança un coup d'œil au questeur adjoint, qui s'allumait une autre cigarette, après le café. Carlisi lui rendit son regard, avec un sourire narquois.

– T'aider toi, souligna-t-il, qui l'as déjà chopé une fois et qui es la seule capable de le refaire.

Grazia remarqua le fin réseau de rides qui s'était formé aux coins des yeux d'Anna Maria quand elle les avait à moitié fermés, serrant les lèvres, et pensa qu'elle était peut-être vraiment plus vieille qu'elle ne le semblait.

– Très bien, dit-elle, moitié pour elle, moitié pour Carlisi, racontez-moi tout et faites-moi voir ce qu'on a. Je veux parler avec cette fille, l'infirmière. C'est elle qui s'occupait de l'Iguane, non ? Ça devrait être elle qui le connaît le mieux.

Persichetti ne dit rien, ne serra même pas les lèvres. Il haussa les épaules et continua de faire tourner entre ses doigts la tasse qu'il n'avait pas bue. Carlisi hocha la tête.

– Les carabiniers sont en train de l'interroger, mais ils vont la relâcher bientôt. Les cousins se bougent sur le territoire. Ils pensent que ça ne devrait pas être difficile de choper un aveugle qui se trimballe couvert de sang, sans argent ni papiers.

Grazia tira sur ses orteils en pensant qu'à cette heure son Iguane était déjà devenu quelqu'un d'autre, et qu'il ne serait pas si facile de l'attraper. Elle réprima un frisson et ressentit de nouveau une petite douleur au ventre quand elle se leva, prise du désir, très fort, de retourner auprès de ses filles.

– Où avez-vous mis Simone ? demanda-t-elle, et l'expression de Carlisi la figea sur le seuil. Bordel, *dottore* ! Vous avez oublié Simone ?

– Monsieur Martini ? Simone Martini ? C'est la police, ouvrez-nous, s'il vous plaît, c'est urgent… ou descendez, vous, si vous préférez…

– Monsieur Martini, laissez-nous monter… brigadier-chef Mattei et agent Petrulli, nous devons vous transférer dans un autre endroit, mais vite… peu importe si vous n'emportez rien, on s'en occupera nous après… mais ouvrez-nous, monsieur Martini, nous devons vous emmener tout de suite !

Non, avait dit Ersilia, *ce n'est pas possible*, et comme Carlisi insistait, ils avaient appelé le chef du Département de Surveillance rapprochée de Bologne, qui avait confirmé : *non*. Qu'ils demandent donc au Service central de protection ou au Bureau central Interforces pour la sécurité personnelle, vu que tout avait été tellement improvisé qu'on ne savait pas exactement de qui dépendait la protection de Grazia, la réponse serait toujours la même : *non*.

Ce n'était pas possible de conduire l'infirmière à la villa, qui devait rester un lieu secret et caché. Si elle voulait interroger l'unique survivante du massacre, Grazia devait monter dans l'auto blindée qui lui avait été attribuée, avec Ersilia et un agent, et descendre de Monteombraro jusqu'à la questure, dans un des locaux de la Criminelle.

Non, avait dit Grazia, *ce n'est pas possible*. Parce que Carlisi, évidemment, entendait qu'elle, et elle seulement, descende en voiture à Bologne, mais Grazia ne voulait pas laisser les jumelles, pas même un instant. Parce que, oui, peut-être, certainement, elles étaient mieux à la villa, plus tranquilles, avec deux agents pour veiller sur elles et peut-être aussi Ersilia, qui en a déjà trois, des enfants, oui, elle le savait, et ce n'était sans doute qu'une lubie de sa part, la tension du moment, un de ces trucs post-partum, une histoire de femmes, oui, certainement, mais *non*, elle, les petites, elle ne les quittait pas, même un instant.

Elle n'avait pas élevé la voix, abrutie par les antidouleurs qu'elle avait pris toute la nuit, parce qu'une fois l'effet de l'épidurale terminé, la blessure s'était réveillée et avait commencé à lui mordre le ventre d'une douleur insupportable, mais même dans cet épais brouillard de douleur et de sommeil, elle avait réussi à se faire entendre.

Alors, elle avait embarqué dans l'auto blindée le grand couffin qu'ils étaient allés prendre chez elle, avec les jumelles dedans, les biberons, le tire-lait et aussi quelques couches, Grazia à l'arrière, avec Ersilia, et deux agents devant. Le questeur adjoint lui avait proposé son bureau mais Grazia avait préféré une des salles d'interrogatoire parce que ensuite il serait plus facile de le chasser. Carlisi ne pouvait s'empêcher d'intervenir et elle voulait poser ses questions à l'infirmière sans être interrompue. Durant la nuit d'insomnie provoquée par son ventre douloureux, elle avait beaucoup réfléchi et il lui était venu quelques idées. Et de toute manière, dans son bureau, Carlisi n'aurait pas réussi non plus à éviter de fumer.

Maintenir Cescòn à l'écart, en revanche, avait été facile. Le questeur adjoint ne l'avait pas informée de la rencontre.

Grazia posa le couffin à terre et sortit de la poche de son blouson l'enregistreur numérique prêté par les collègues, qu'elle disposa sur la table avec la boîte d'anti-douleurs. Elle n'avait pas envie de prendre des notes et de toute manière une caméra filmerait leur conversation, ce ne serait guère plus que ça, pas même une déposition sommaire, que les carabiniers devaient déjà avoir enregistrée. Ce serait une discussion. Avec quelques questions autour des idées qui lui étaient venues.

Elle savait que l'infirmière était un peu en retard, aussi en profita-t-elle pour sortir le tire-lait du grand couffin. Elle n'en avait pas beaucoup, elle utilisait surtout le lait en poudre, mais de temps en temps elle sentait son sein lourd et réussissait à en tirer quelque chose. Les filles avaient été nourries avant de partir et elles dormaient comme des marmottes. Elles avaient dormi ainsi toute la nuit, c'était elle qui les avait réveillées pour allaiter, sinon elles auraient peut-être persisté toute la nuit. *C'est une chance*, lui avait dit Ersilia, *pourvu que ça dure.*

Grazia défit les premiers boutons de son chemisier, puis se rappela la caméra au mur, monta sur une chaise et débrancha la prise qui l'alimentait. Elle la rebrancherait après, Carlisi voulait suivre l'interrogatoire depuis l'ordinateur de son bureau, mais elle n'avait pas besoin de montrer ses nichons à la terre entière.

Elle cala le sein dans la ventouse et, tout en appuyant sur le petit levier, regarda les filles dans le couffin. Elle pensa qu'elles ne lui semblaient pas aussi différentes de quand elle les voyait aux échographies, les mêmes petits visages impénétrables, les poings serrés comme des boxeurs, refermées sur elles-mêmes, plus petites et inachevées, mais toujours pareilles. Elle avait eu la même sensation cette nuit aussi, quand elle les avait observées, relevée sur un bras, étendue à côté d'elles, alors que les antidouleurs faisaient leur effet, et alors, comme maintenant, elle avait eu honte de cette considération, qui lui semblait trop froide, trop distante, pour une mère qui venait à peine d'accoucher.

Elle commença à se mordre l'intérieur de la joue, comme elle le faisait quand elle réfléchissait, en se forçant à les imaginer plus grandes, les joues rondes, comme les siennes, les lèvres pleines, les formes douces, les yeux noirs – *méditerranéenne,* lui disait-on, *terrona*, plouc du Sud, répondait-elle –, les cheveux aussi, noirs et aux épaules, une Grazia plus petite divisée en deux. Mais ça aussi, ça ne lui semblait pas suffire.

Il avait dû se passer un certain temps quand elle s'aperçut de sa présence. Marta était debout sur le seuil, à la regarder, et Grazia sursauta si fort que le sein sortit du tire-lait.

– Oh, mon Dieu ! Vous m'avez fait peur. Excusez-moi, je ne m'étais pas aperçue... ça vous dérange ?

Grazia remit son sein dans la ventouse parce que ça marchait bien et qu'elle ne voulait pas perdre l'occasion. Marta secoua la tête sans rien dire. Elle la fixait de derrière son masque, les bras inertes le long des flancs, t-shirt blanc, jean aux genoux et Crocs rouges aux pieds, les épaules un peu voûtées en avant la faisaient paraître encore plus petite, comme une enfant, au point que Grazia, spontanément, la tutoya.

– Pour moi, il y a la distanciation, et puis je suis vaccinée, donc si tu veux l'enlever...

Mais Marta secoua la tête, toujours sans rien dire. Grazia aurait bien voulu voir son visage, étudier ses expressions quand elle lui poserait les questions qu'elle avait en tête et permettre à son instinct de les interpréter, mais pour l'instant elle devait se contenter de ces grands yeux écarquillés qui la regardaient par-dessus le rebord du masque d'une manière qui commençait à la mettre mal à l'aise.

– Je t'en prie, dit Grazia, en montrant du menton la chaise devant la table.

Marta s'assit. Elle frotta rapidement les paumes de ses mains sur ses cheveux très courts, puis les posa sur ses genoux. Maintenant, elle regardait le couffin.

– Elles sont petites, hein... elles ont deux jours, dit Grazia. Tu as des enfants ?

Elle ne répondit pas. Grazia eut l'impression que ses yeux s'étaient encore agrandis et quelque chose brilla au coin de ses paupières, au-dessus du rebord de coton vert du masque chirurgical.

– Pardon, dit Grazia, j'ai touché une corde qui... putain, excuse-moi, je ne voulais pas...

Marta ôta son masque, passa la main entre les élastiques et le fit glisser jusqu'à son poignet. Du dos de l'autre main, elle essuya les larmes sur ses joues et de nouveau fit *non* avec la tête, parce que Grazia insistait, *tu veux que je te fasse apporter quelque chose, une bouteille d'eau.*

– Non. Ça va. Merci.

C'était la première fois qu'elle l'entendait parler. Elle avait une voix douce, presque de petite fille, avec un vague accent du centre de l'Italie. De l'Ombrie, Grazia le savait parce qu'elle avait lu ses papiers d'identité, Leosetti Marta, vingt et un ans, opératrice socio-sanitaire. Grazia détacha la ventouse et arrangea son chemisier. Elle regarda avec regret le voile opaque de lait qui couvrait le silicone, parce qu'un des seins n'avait pas été mis à contribution et elle aurait vraiment dû en profiter, mais ce n'était plus le moment. Elle alluma l'enregistreur.

– Écoute, je sais que tu as déjà raconté ça aux carabiniers, mais je voudrais l'entendre moi aussi. Hier matin, tu es allée à la résidence…

Marta hocha la tête.

– Comme tu fais d'habitude…

Marta hocha encore la tête.

– Excuse-moi, mais si tu ne parles pas, on n'enregistre rien.

– Oui.

– Tu y vas souvent ?

– Deux fois par semaine. De temps en temps trois fois.

– Le dimanche aussi ?

– Ça arrive.

– Pour faire quoi ?

– Je vérifie qu'ils prennent leurs médicaments. Que Paolone et Lorenza ont fait les courses comme il faut, parce que parfois ils se trompent.

Paolo Marcoldi et Lorenza Belvedere. Celui avec la gorge tranchée et celle avec le sac sur la tête. Tous les deux dans la baignoire.

– Et l'Iguane ?

Marta plissa le front et Grazia se corrigea :

– Alessio Crotti.

– Alessio ne sort jamais.

Ce coup-ci, il est sorti, pensa Grazia.

– Je voulais dire, l'Iguane… c'est-à-dire Alessio, comment il était, ces derniers jours ? Je crois bien le connaître, et son docteur aussi, mais toi… depuis combien de temps tu fais ça ?

– Un an.

– Voilà, alors tu le connais bien aussi… il te paraissait comment ? Tranquille ? Agité ?

Marta haussa les épaules. Puis se rappela l'enregistreur.

– Les travaux le dérangeaient.

– Les travaux ?

– Ceux de la résidence d'à côté. Il y avait des ouvriers.

Grazia recommença à mordiller l'intérieur de sa joue, en la poussant même d'un doigt pour arriver plus au fond, comme à chaque fois qu'elle était absorbée. Une pensée soudaine lui avait traversé l'esprit, mais elle se força à la garder pour plus tard. Maintenant, elle voulait demander autre chose.

– Revenons à ce matin-là. Tu es arrivée et la porte était ouverte.

– Oui.

– Ça ne t'a pas paru bizarre ?

– Non.

– Bon Dieu, Martina… sors-moi un peu plus que ça. Pourquoi ça ne t'a pas paru bizarre ?

– Parce que ça arrivait. Paolone et Lorenza étaient un peu distraits.

– Alors tu es entrée et tu n'as trouvé personne, c'est ça ? Puis tu es allée dans la salle de bains et tu les as vus.

Marta se frotta une main sur la tête et se tapota la tempe du bout des doigts. Grazia eut l'impression qu'elle voulait chasser une pensée. Elle hocha la tête.

– Oui.

– Alors tu as filé te cacher sous l'évier. Pourquoi ?

La main sur les cheveux en avant et en arrière, plus vite. Petits coups rapides au coin du front, plus forts.

– Peur.

– Peur de qui ? De l'Iguane… d'Alessio ?

– Peur.

Elle y est, pense Grazia. Le choc joue de mauvais tours.

– L'Ig… Alessio, tu ne l'as jamais vu sortir ?

– Non.

– Et tu es restée là-dessous jusqu'à ce que les carabiniers te trouvent.

– Oui.

– Et pendant qu'ils perquisitionnaient la maison et que l'ambulance arrivait, tu es partie toi aussi, du coup ils ne t'ont retrouvée que plus tard, chez toi. Pourquoi ?

– Peur.

Elle y était, pensa Grazia, elle y était totalement, même ces petits coups sur la tête, le choc est une sacrée saleté et tout ce sang, c'est beaucoup, même pour une infirmière spécialisée.

Mais. Mais, mais.

Une des petites fit un bruit, à mi-chemin entre un gémissement et une toux.

Pas maintenant, pensa Grazia, *s'il te plaît.*

– Tu sais qui est Alessio Crotti, dit l'Iguane ?

Signe de tête. *Oui.*

– Et tu le savais aussi avant… on t'avait informée quand tu as commencé à travailler là ?

Signe de la tête, deux fois. *Oui, oui.*

– Et tu n'avais pas peur ?

Marta leva une main pour se frotter la tête, mais cette fois elle s'arrêta avant. Elle haussa les épaules.

– Non.

– Et pourquoi ?

– Parce qu'il était bon.

Bon ? L'Iguane ?

La petite commença à pleurer. Grazia aurait voulu ne pas y faire attention parce qu'il y avait beaucoup de choses à quoi penser, et à dire aussi, l'Iguane était bon ? Mais elle craignait que l'autre se réveille, et ça serait la cata. Elle la prit dans le berceau, sortit un sein mais peut-être n'était-ce pas le bon ou alors elle avait surévalué sa capacité à produire du lait, parce que la fillette n'avait aucune intention de le prendre et continuait à pleurnicher, de plus en plus fort.

– L'Iguane était bon ? dit Grazia, incrédule, tandis qu'elle s'efforçait de dévisser la ventouse du tire-lait pour la transformer en tétine, avec l'enfant qui maintenant hurlait, poings serrés en l'air et visage contracté.

Alors Marta posa les mains sur ses genoux, se pencha en avant et commença à chanter.

Doucement, d'une voix poussée vers les aigus et enroulée sur la langue pour ressembler encore plus à celle d'une fillette. Quelques syllabes articulées au début, qui se succédaient par à-coups dans une comptine qui filait vite, dans une langue incompréhensible.

Oku o tsuretette hita mi kondeshimau mae ni.

La petite cessa de pleurer, donnant le temps à Grazia de monter la tétine, et quand elle la lui fourra dans la bouche, elle l'agrippa avec les lèvres. Elle ferma les yeux, tétant doucement, comme si elle s'était rendormie.

Marta la regarda puis regarda Grazia et sourit, tandis que les larmes sillonnaient ses joues.

Emmène-moi hors d'ici avant que je me noie, emmène-moi quelque part avant que je me noie.

– Vous lui avez collé qui au train ?

Si elle s'approchait de la fenêtre, elle pouvait encore la voir pendant qu'elle traversait la piazza Galileo avant de disparaître à l'angle de la mairie. Elle avait remis son masque et marchait vite, en se tenant loin des gens.

– Cantarini et un nouveau, répondit Carlisi, tu ne le connais pas, c'est un bon.

Le voilà, en fait, le collègue qui devait suivre Marta de plus près, et aussi l'autre, sur le trottoir opposé.

– Et chez elle ?

– Trois. Depuis hier soir.

Carlisi alluma une cigarette et Grazia le laissa faire, de toute façon les filles étaient restées avec Ersilia, dans l'autre pièce. Il y avait un canapé de cuir dans le bureau du questeur adjoint, bien rembourré, avec un bras rond sur lequel Grazia appuya sa tête, étendant les jambes, parce que son ventre commençait à lui faire vraiment mal.

– Je ne sais pas, je ne dis pas qu'avant j'étais sûre, entre autres parce que, manque de pot, il n'y a pas de caméras dans cette rue et que nous ne savons pas ce qui s'est passé au-dehors, mais ça me semblait assez probable. Que l'infirmière, Leosetti Marta, ait aidé l'Iguane à fuir.

– Et pourquoi tu as changé d'avis ?

Grazia caressa son abdomen sous le chemisier. Elle ne voulait pas prendre un autre antidouleur mais la blessure brûlait, supportable mais pénible, très.

– Ce n'est pas que j'aie vraiment changé d'avis. Mais deux choses. La première, j'y pense depuis le début, et c'était le point faible de ma théorie. Quand il part, l'Iguane est une explosion de violence. Ce n'est pas vraiment quelqu'un qui réfléchit, j'en ai connu de ce genre, tu le sais toi aussi… non, lui, c'est un animal qui bondit.

– Il a tué son colocataire avec un petit couteau en plastique, un de ceux avec des dents, du genre Fête de l'Unità. Il l'a frappé je ne sais pas combien de fois, et si vite qu'il a transpercé la peau et a chopé la jugulaire.

– Pour quelqu'un comme lui, c'est pas grand-chose, visiblement il avait perdu la main. Mais s'il y avait eu la fille, si elle avait été présente, il l'aurait liquidée elle aussi.

– Peut-être qu'il en avait encore besoin.

– Pour se faire ramener à la maison ? Il l'aurait tuée là. L'Iguane change de peau en volant l'identité des autres, il ne noue pas de relations. Mais tout est possible, peut-être que je me trompe. Ou peut-être qu'elle a réussi à se cacher sous l'évier avant qu'il l'attrape elle aussi et elle a été sauvée par les carabiniers.

– Et l'autre chose ?

Grazia regarda l'enregistreur posé sur le bureau de Carlisi et se souvint que le questeur adjoint ne l'avait pas encore écouté.

– Elle a dit que l'Iguane était bon. Oui, je sais que j'ai fait une connerie d'oublier de rebrancher la caméra, tu m'as déjà engueulée. J'ai tout enregistré et tu peux l'entendre.

– Bon d'accord, et alors ? Il s'est foutu d'elle comme il s'est foutu de ce couillon de psychiatre.

– Ce n'est pas ça. C'est la façon dont elle l'a dit.

Grazia repensa à la petite voix de Marta, à cette spontanéité si naturelle, si évidente, qui inspirait la tendresse. *Parce qu'il était bon.* La même petite voix qu'elle avait pour chanter à sa petite qui pleurait. "Lost Umbrella", lui avait-elle dit, Kaai quelque chose. Un truc japonais.

– Je ne sais pas… ce serait un détail à ne pas dire, non ? Ça établit une proximité qui pourrait être un mobile, si tu devais cacher quelque chose, tu le dirais pas comme ça, non ? Je ne sais pas. En fin de compte, peut-être que c'est seulement une timbrée qui chante des comptines de manga, folle comme tous ceux qui s'occupent des fous. Et le sort a voulu qu'elle vienne travailler entre un massacre et l'arrivée des carabiniers.

– En tout cas, elle est sous surveillance. Au moindre truc suspect, nos hommes entrent et que le Dieu des flics fasse qu'on chope pour de bon l'Iguane chez elle.

Ce n'était pas fini. Grazia avait autre chose en tête.

– La fille m'a dit qu'il y avait des travaux dans la résidence voisine.

– Je ne sais pas, je vais m'informer. Pas ce matin-là, parce que c'était dimanche.

– Peu importe, dit Grazia en se mettant sur son séant, assez distraite pour oublier la douleur. Alessio Crotti avait des hallucinations auditives depuis son enfance. Il entendait des cloches, *les cloches de l'Enfer*, il disait. Pour les couvrir, il portait toujours des écouteurs avec la musique à plein volume.

– Je sais, j'ai lu le dossier un million de fois.

Non, elle n'avait pas oublié la douleur, elle l'ignorait simplement.

– Peut-être que ce sont les travaux qui l'ont déchaîné à nouveau. Quelqu'un qui tapait avec un marteau, qui sait. Alessio redevient l'Iguane et, à un certain moment, il attaque. J'ai demandé à la fille s'il y avait des écouteurs, à la résidence, avec quelque chose pour écouter de la musique, et elle a dit que Paolone écoutait la radio avec un casque jaune, de ceux qui ont une antenne, et s'il n'était plus là...

– Je m'informe, coupa Carlisi, les yeux brillants. Ça aiderait... oui, ça aiderait beaucoup. Putain, sûr que ça aiderait ! Nous sommes à la recherche d'un aveugle qui pèse dans les cinquante kilos et porte des écouteurs jaunes. Un détail pareil pour le bulletin de recherche nous remet en piste avec le magistrat… au nez et à la barbe des carabiniers ! Bravo, Grazia, bravo !

Lui aussi était distrait parce qu'il s'aperçut seulement à cet instant que son portable vibrait sur le bureau. Il jeta un coup d'œil à l'écran et marmonna un juron.

– Cette casse-couilles de Cescòn… maintenant, elle va me prendre la tête parce que je ne l'ai pas conviée à l'interrogatoire.

Grazia ne l'écoutait plus. Elle se plia en avant tandis qu'elle sortait l'étui à médicaments de son blouson. Elle en tira le dernier cachet qu'elle avala, qu'elle dévora, les yeux clos.

– *Dottoressa*, bonjour, avait commencé Carlisi, mais il s'interrompit aussitôt, plongeant dans un silence si absorbé qu'il attira aussi l'attention de Grazia, comme s'il l'avait appelée. Puis il dit *on arrive tout de suite.*

– Qu'est-ce qu'il y a ? demanda Grazia.

– Ton Simone…

– Il lui est arrivé quelque chose ?

– Non, non, du calme… il va très bien, ils l'ont conduit lui aussi à la villa. C'est que… putain, Grazia, il dit qu'il a rencontré l'Iguane !

Je pense.
J'ai pensé.

J'ai pensé. Maintenant, je sais ce que je cherche.

Maintenant, je sais ce que je veux.

Je veux t'aimer.

T'aimer me console, me vide l'intérieur, quelque chose qui ressemble à rire et pleurer à la fois.

Penser à toi me fait mal comme ça ne m'était jamais arrivé avant. C'est une joie qui m'étrangle, me gratte la gorge, me brûle dans le nez et me laisse souffle coupé, à tenter d'aspirer l'air entre mes dents de souris. Ce bonheur absolu qui me tord le ventre, me remplit le cerveau de frissons et me hérisse la langue pendant que je me perds entre mes sens qui se déchirent, se dissolvent, opaques et distordus, comme dans l'instant avant de s'évanouir. T'aimer me fait peur, tu ne sais pas à quel point.

T'aimer me fatigue, me plonge dans la mélancolie, que veux-tu y faire, c'est la vie, c'est la vie la mienne.

Je ne le savais pas, avant. Je ne le savais pas. Je voudrais te regarder pour toujours, mais je ne peux pas, je voudrais te tenir dans ma bouche, je voudrais te serrer dans les mains jusqu'à te faire gicler entre mes doigts. Je ne le savais pas avant, je ne le savais pas, maintenant je le sais.

Maintenant je sais ce que je veux.

Je veux t'aimer.

T'aimer me console, me plonge dans l'allégresse, que veux-tu y faire, c'est la vie, c'est la vie la mienne.

Qu'est-ce qu'on a perdu comme temps.

Je ne le savais pas, mais maintenant je le sais.

Aime-moi. Aime-moi. Aime-moi.

Aime-moi encore, fais-le doucement, un an, un mois, une heure, éperdument.

Mais j'écarquille les yeux dans l'obscurité, je serre les dents, j'écrase sur mes oreilles les écouteurs de la radio, fort, les paumes ouvertes qui poussent comme si elles voulaient s'enfoncer dedans.

Parce que je n'aime pas ce que j'entends maintenant.

La voix de l'homme qui chante.

Avant, c'était une voix basse, douce et désespérée, entre guitares et violons, et bon d'accord parce que je le sais que l'amour fait mal, je le sais que l'amour est mort, mais maintenant elle hurle, *éperdument, éperdument, éperdument*, et ça c'est un cri qui s'étire bouche ouverte, c'est le hurlement de quelqu'un qui demande, qui implore, c'est quelqu'un qui se sent mal et moi je le sais, je le sais, je le sais que ça fait mal, mon Dieu oh combien, mais ce n'est pas une prière, moi je ne le désire pas, moi je LE VEUX, LE VEUX, LE VEUX.

Aime-moi ! Aime-moi ! Aime-moi !

Et alors j'arrache le casque radio de ma tête, lui retire l'antenne en la tordant d'un côté et de l'autre, la casse et la jette par terre jusqu'à ce qu'elle devienne une bouillie de fils et de plastique jaune.

Aime-moi.

Aime-moi.

AIME-MOI.

Éperdument.

Dès qu'elle me voit, Grazia s'écrie *mon Dieu, Simò qu'est-ce que t'as fabriqué ? On dirait le Schwarzenegger des aveugles !*, et je ne peux m'empêcher de rire.

Je lui réponds *ça fait un moment qu'on s'est pas vus*, et elle, *moi je te vois, Simò, toi tu m'entends*, et ça aussi, c'est censé me faire plaisir, parce que c'est un truc qu'on se disait toujours, mais en fait, ça me rend triste. Moi, je ne voulais pas l'entendre.

Tout à l'heure j'étais seul dans cette pièce, assis sur un canapé de velours qui me réchauffait les jambes, recroquevillé sur moi-même, agrippant mes bras, courbé sur mes genoux, en boule. Je ne suis plus habitué à me déplacer dans un endroit que je ne connais pas et je me suis cogné le tibia contre une arête basse, une table, je crois, avant de reconnaître la consistance douce de ce qui pouvait être un coussin de quelque chose sur quoi je pouvais m'asseoir. Je suis resté ainsi un moment, point ferme planté quelque part dans le monde, mais dès que j'ai compris qu'ils arrivaient, je me suis mis debout, car je me sentais ridicule.

La *dottoressa* qui m'a accueilli quand les policiers m'ont amené ici est revenue. Avec une odeur aigre de sueur et de déo, elle m'a serré la main avec une énergie nerveuse qui m'a presque fait mal et s'est présentée en donnant son titre et sous un nom que je n'ai pas retenu. Je ne suis plus habitué non plus à me souvenir de ce que disent les gens.

Et puis il y a le chef de Grazia, son nom je le savais mais je l'ai oublié, mais j'ai reconnu tout de suite l'odeur de cigarettes écrasées et sa respiration rauque, parce que même s'il n'a rien dit, ce souffle du nez et de la gorge est comme une voix.

Il y avait les deux policiers qui sont venus me chercher chez moi, hier soir. Ils m'ont fait passer la nuit dans un endroit où j'aurais dû dormir et, ce matin, quand j'ai parlé de l'Iguane, ils m'ont amené ici. Les bruits se mélangent.

Il y a elle, aussi. Grazia.

Beaucoup de gens, pour moi, trop. Trop de stimuli, trop de sens qui s'ouvrent, trop de choses qui arrivent. Je n'ai plus l'habitude. Alors je glisse une main dans le col du t-shirt, l'appuie en forme de coupe sur l'épaule et fais pivoter mon coude, pour sentir le muscle solide qui bouge sous ma peau, là où je veux retourner, parce que c'est là que je vis, moi. À l'intérieur.

– Qu'est-ce qu'il y a, Simò, tu as mal à l'épaule ?

Je ne voulais pas l'entendre, sa voix bleue. Quand elle dit mon prénom en glissant sur le *s* et en l'abrégeant comme ça, dans sa bouche qui se ferme, grossière et brusque comme la poussée d'une main ouverte, ça me fait mal. Ça m'attendrit et ça m'excite. Ça m'excite, et ça me fait mal.

– Où je suis ? je demande. Où est cet endroit ?

La *Dottoressa* répond.

– C'est une maison protégée, utilisée par la police d'État. Un lieu sûr. On estime qu'après la fuite de l'Iguane, l'inspecteur Negro et vous êtes en danger. On ne vous l'a pas dit ?

Les policiers qui sont venus me chercher. Probablement que oui. Je ne les ai pas écoutés.

– Pourquoi vous m'avez conduit ici ? L'endroit d'hier n'était pas sûr ?

– Si, il l'était. Mais j'ai pensé qu'ici, ce serait plus facile d'organiser une confrontation avec l'inspecteur Negro et l'inspecteur Carlisi. Parce que je crois au travail d'équipe...

J'entends le Chef qui se racle la gorge.

– … et quand le brigadier-chef Mattei m'a appelée ce matin…

– Ah voilà, il vous a appelée tout de suite.

– … pour me signaler que M. Martini avait vu l'Iguane…

– Je n'ai pas vu l'Iguane.

Je croyais l'avoir seulement pensé, parce que j'étais déjà en train de les perdre, et en fait je l'ai vraiment dit. J'entends le Chef qui ricane. Grazia dit *Simò, allez, quoi.* La *Dottoressa* élève la voix, plus par colère que par embarras.

– Excusez-moi, monsieur Martini. Je ne voulais pas dire que vous l'avez vu, mais que vous l'avez rencontré.

– Non.

Je le sens, qu'ils me regardent. Je les sens sur ma peau, leurs yeux silencieux et concentrés. La *Dottoressa* s'est approchée dans un gémissement de ses baskets sur le bois du parquet. Son odeur âpre me remplit le nez. Je suis sûr qu'elle est sur le point de me toucher. Je croise les bras sur la poitrine et fais un autre pas de côté.

– Monsieur Martini, vous m'avez dit que hier soir quelqu'un s'est introduit chez vous.

– Oui.

– Et qu'il est resté un moment à côté de vous…

– Oui.

– Bon sang, Simone, c'est vrai ?

C'est Grazia, inquiète. Je me tourne vers elle mais la *Dottoressa* me touche, insistante.

– Et vous m'avez dit aussi que vous croyiez, ou plutôt, non, vous étiez sûr que c'était l'Iguane.

– Non… c'est-à-dire, oui. Je me suis mal expliqué. Je croyais que c'était lui. J'en étais sûr. Il faisait des choses… ou plutôt, non, il ne faisait rien, mais moi je le sentais… en somme, Grazia, tu le sais comment je fais, non ?

C'est à elle que je parle. Je ne les sens même pas, les doigts de la *Dottoressa* qui me serrent les bras. Ses ongles puissants sont quasiment plantés dans ma peau, mais peu importe. Je le dis à Grazia.

– Mais après, j'ai compris que ça ne pouvait pas être lui.

– Et pourquoi, Simò ?

– Il a allumé la lumière.

Recommençons depuis le début, avait dit la *dottoressa* et puis *asseyez-vous, Martini.*

C'était un ordre, mais Simone s'était déplacé sur le canapé, d'abord, et maintenant il était perdu dans le temps et l'espace d'un univers nouveau, c'est pourquoi il tourna vers eux ce regard mi-clos et un peu torve que Grazia connaissait bien. Il pouvait être méchant ou très doux, selon le moment, et maintenant il était méchant. Anna Maria Cescòn ne s'en aperçut même pas, ou bien elle s'en fichait.

Elle était debout au milieu de la pièce qui servait de bureau, à l'étage de la villa, et portait un survêtement luisant et noir, à bande rouge, la fermeture à glissière à moitié ouverte sur un body couvert de sueur au niveau des seins. Elle était partie du B&B dans lequel elle dormait au village pour faire du jogging jusqu'à la villa quand le brigadier-chef l'avait appelée.

Carlisi voulut dire quelque chose mais Anna Maria leva une main, alors il écarta les bras et alla s'asseoir sur le bras d'un fauteuil. Visiblement, il brûlait d'envie de fumer et, tôt ou tard, il le ferait.

Grazia se déplaça. Elle prit Simone par un bras et serra plus fort quand ses mains à lui tremblèrent, comme si elle lui avait fait peur. Elle le tira en arrière, délicatement, jusqu'à ce qu'il touche le rebord du canapé, puis s'y laissa aller avec lui, pour le faire asseoir. Simone s'écarta, glissant de côté sur le coussin, et s'arrêta à la hauteur du bras du meuble, poignets croisés sur la poitrine et mains agrippées aux épaules. Loin de Grazia qui ne le remarqua pas, en attente, elle aussi, de ce que Simone allait pouvoir dire.

– Monsieur Martini ?

– Simò ?

– J'allais faire un arraché... c'est un exercice qu'on fait en salle, j'ai équipé une pièce comme une salle de gym... j'allais faire un arraché quand j'ai entendu quelque chose. Un bruit, mais la première fois, je ne m'en suis pas rendu compte, je ne m'en suis souvenu que la deuxième fois.

– Excusez-moi, monsieur Martini, mais il ne me semble pas...

– Continue, Simò.

Grazia tendit le bras et lui toucha une main. Simone se crispa plus encore, recroquevillé dans son coin comme une araignée dans sa tanière.

– Je me suis aperçu qu'il y avait quelqu'un parce que j'ai eu une sensation. J'ai eu peur. Comme ça, à l'improviste... j'ai senti la peur sur moi et j'ai compris qu'il y avait quelqu'un avec moi, dans la pièce. Depuis pas mal de temps.

Anna Maria eut une grimace sceptique. Elle sourit, aussi, et Simone tourna ses yeux entrouverts dans sa direction, comme s'il avait entendu les lèvres qui se tendaient, la salive qui crépitait aux coins de la bouche.

– Avant, il me suffisait d'une odeur, de la respiration, de la vibration du sol, je comptais les arcades des portiques en sentant les pleins et les vides dans l'air, mais maintenant... il y a plus d'un an que je suis enfermé chez moi sans rencontrer personne. Mais s'il y a quelqu'un dans la pièce, je le sens encore.

– Et pourquoi tu as pensé que c'était l'Iguane ?

– Parce que j'ai eu peur.

Carlisi ouvrit la grande fenêtre donnant sur la vallée, à peine, il fit glisser la vitre juste ce qu'il fallait pour avoir un peu d'air frais où rejeter la fumée de la cigarette qu'il venait d'allumer. Apparemment, le tabac l'avait ranimé, parce que, jusqu'à ce moment, il était resté silencieux, subissant les initiatives de la *dottoressa* Cescòn.

– Comment on arrive dans votre salle de sport? Je m'adresse à vous, Simone… à quel étage elle est, il y a des fenêtres?

– C'est la mansarde du deuxième étage. Il y a une porte qui donne sur le couloir. Pas de fenêtres.

– Et à la maison?

– Grande porte au rez-de-chaussée.

– Que vous gardez fermée.

– J'ai ouvert à vos hommes avec l'interphone. Demandez-leur si elle était fermée.

– Rien remarqué de bizarre? Fenêtres ouvertes…

– Vous m'avez emmené à toute vitesse, dans la tenue où j'étais, répondit Simone en tiraillant sur son t-shirt. Ils m'ont fait descendre et allez!… j'espère que vous avez fermé la porte.

– Bon d'accord, dit Anna Maria qui s'était assise au bord d'une table, revenant au centre de la pièce, tandis que Carlisi laissait son regard s'égarer sur la ligne nette qui s'était formée dans le tissu du survêtement, séparant nettement les fesses fermes.

– On va peut-être envoyer quelqu'un chercher des signes éventuels d'effraction et, en attendant, admettons qu'un étranger se soit glissé chez M. Martini.

– Admettons? murmura Simone, et son front se plissa.

– Alors, dit Grazia sur un ton décidé, et aussi pour qu'il ne s'attarde pas, notre type est à l'intérieur avec toi et fait un bruit. Et tu l'entends, ok? Quel bruit?

– Je ne sais pas.

– Tu ne sais pas? Simò, t'es quelqu'un qui entend les couleurs des voix, tu as toujours été une chauve-souris, je pouvais même pas faire un tout petit pet…

Grazia sourit en se rappelant ce hurlement *je t'ai eue!*, alors même qu'elle essayait de se retenir, loin, dans une autre pièce, serrant les fesses, son ventre et même ses lèvres. Elle sourit, et lui aussi un peu, mais moins.

– Je ne suis plus comme ça. Je ne sais pas quel bruit il a fait. Quand je me rappellerai, je te le dirai.

– Venons-en à cette histoire de lumière, monsieur Martini. Quand est-ce que vous vous êtes aperçu qu'elle était allumée ?

– Quand l'autre, là, le type… après qu'il est parti. Il y a un spot au-dessus de la porte, j'ai senti la chaleur sur ma tête quand je suis passé, j'ai touché l'interrupteur et j'ai appuyé. Je l'ai éteint.

– Il ne pouvait pas être comme ça avant ?

– Non.

– Vous ne pouvez pas l'avoir allumé, vous ?

– Et pour quoi faire ?

Il a lui aussi un sourire, fin, un peu tordu. Grazia savait à quel point il pouvait être énervant et, de fait, Anna Maria pinça les lèvres.

– Quelqu'un qui est monté, suggéra Carlisi, les agents, les femmes de ménage…

– Personne n'est jamais monté. Les livreurs me laissent les provisions et les choses que je commande en bas et puis je les monte, moi. La salle de gym, je me la suis installée tout seul. C'est moi qui fais le ménage. Ou bien je ne le fais pas.

– Un ermite du fitness.

– Je soulève des poids, murmura Simone, mais cette fois si bas que vraiment personne ne l'entendit.

– Quand on vérifiera les effractions, on fera aussi une bonne recherche d'empreintes et d'ADN dans la salle, dit Carlisi. Juste par curiosité, Simone, combien de kilos vous soulevez à l'arraché ?

Simone haussa les épaules.

– Le chiffre ne compte pas. C'est juste une limite à dépasser.

Il enfouit son menton dans son cou, tellement contracté sur lui-même que ses biceps gonflèrent dans les manches de son t-shirt, l'étoffe entrant dans la peau. Il baissa son regard torve au sol et Grazia savait qu'il pouvait être méchant ou très doux, mais aussi inébranlable, obstinément fermé ou perdu, et c'était un moment de ce genre.

– Je ne sais pas quoi dire. Ton ex m'a l'air un peu confus, Grazia, tu as dû vraiment lui briser le cœur.

Carlisi écarta les attaches adhésives de la couche et les écrasa du pouce pour qu'elles se recollent sur elles-mêmes, neutralisées. D'une main, il prit la petite par les chevilles, les deux ensemble, et lui souleva le derrière tandis qu'il lui ôtait la couche par en dessous et la laissait tomber dans la poubelle dans un bruit mou et lourd. Il claqua des doigts, comme un chirurgien. Grazia tira du paquet une lingette et la lui passa.

– Le truc, c'est de frotter de haut en bas, expliqua-t-il, jamais le contraire, sinon vous mettez tout sur la zézette. Je tiens à vous faire remarquer que, même après des années, je n'ai pas perdu la main.

Avant, ils étaient dans la cuisine, à faire le point sur la situation. Ils avaient laissé Simone dans le bureau, plongé dans son mutisme musculeux, et le questeur adjoint venait juste d'attaquer avec son *ne nous mettons pas en chasse d'un individu qui ne soit pas le bon* quand de la chambre à coucher étaient arrivés les pleurs d'une des petites. Grazia avait bondi, l'avait prise dans ses bras et avait découvert aussitôt ce qui n'allait pas. Mais cette odeur acide et piquante d'herbe pourrie était encore un obstacle insurmontable, les antidouleurs lui faisaient tout supporter mais lui laissaient un estomac faible, prêt à se retourner. Elle allait appeler Ersilia, même si ça l'embêtait de la déranger, parce que c'était une policière chargée de la sécurité, pas une baby-sitter, et en plus elle était de garde à l'extérieur de la villa, mais Carlisi s'était proposé. Et ça n'avait pas été une mauvaise idée, la petite avait cessé de pleurer et s'était mise à le regarder, concentrée, couchée sur la serviette-éponge sur le dessus de la machine à laver. La salle de bains était très petite, Anna Maria se tenait à la porte, épaule appuyée au montant, bras croisés.

– Vous avez des enfants, *dottoressa* ? demanda Carlisi.

– Non, répondit Anna Maria.

– C'est ce que je pensais. Pour une femme comme vous, le travail, la carrière… je me trompe ?

– Question de priorité. Vous, en revanche, vous en avez eu, pas vrai ?

– Deux, un garçon et une fille, ils sont grands maintenant. Ils vivent avec mon ex-femme.

– C'est ce que je pensais. Pour un homme comme vous…

Elle n'ajouta pas *le travail* ou *la carrière*, et Carlisi le remarqua. Il rouvrit les attaches qu'il avait trop serrées et pensa que ce *vous en avez eu*, au lieu de *vous en avez*, était lourd d'allusion, d'ironie et de raillerie. Gagné par la nervosité, il se trompa aussi en fermant les boutons-pression de la grenouillère.

– En tout cas, nous sommes encore en train de chercher un aveugle dans les cinquante kilos avec des écouteurs jaunes sur la tête. J'ai partagé l'information avec les cousins, qui m'ont confirmé qu'il n'y avait pas de casque-radio dans la résidence, du moins au premier examen. Ils vont vérifier.

– Ce serait bien qu'en plus des carabiniers, vous partagiez aussi avec vos collègues, *dottore.*

– Ça ne me semble pas nécessaire, vu que mes hommes vous font leurs rapports à vous avant de me les faire à moi, *dottoressa.*

– Peut-être que c'est bien le bon individu, articula Grazia doucement, pour elle-même. Puis elle le répéta plus fort.

– Qu'est-ce que ça veut dire ?

– Ça veut dire qu'il pourrait y avoir deux individus. L'Iguane et un autre, qui aide l'Iguane à fuir et peut-être le cache. Si nous trouvons l'Autre, nous chopons aussi l'Iguane.

– À condition que cet Autre existe, avança Anna Maria.

Mais ce disant, elle se repassait les schémas de classification des tueurs en série, les parties qui listaient les assassins opérant en duo. Henry Lee Lucas et Ottis Toole. Kenneth Bianchi et Angelo Buono. Ludwig. Trouble psychotique partagé. Folie à deux. La Théorie de la Dominance sociale de Colin Wilson et Donald Seaman.

Carlisi hocha la tête, pensif. La petite avait commencé à s'agiter. Le questeur adjoint lui mit une main ouverte sur la tête en la caressant du pouce entre les yeux, à petits et lents mouvements circulaires. Il chuchota *c'est ma méthode*, et ça marchait, car peu à peu les paupières de la petite s'abaissèrent, comme alourdies soudain, et elle s'endormit. Carlisi la souleva de la machine à laver et la donna à Anna Maria, qui, raide, l'enveloppa maladroitement de ses bras, et il tapota la joue de Grazia.

– En chasse, gamine, lui dit-il en sortant de la salle de bains. Quel que soit l'animal, ramène-le-moi.

Grazia le pensa mais ne le dit pas, parce qu'elle s'était habituée à cet abruti de questeur adjoint, et puis elle était distraite par une autre pensée. Anna Maria, en revanche, le dit, *regardez-moi ce con*, sifflé entre les dents, à mi-voix, non par pudeur mais par colère. Elle en avait déjà tenu dans les bras, des nouveau-nés, mais le geste l'avait tellement surprise que la petite semblait sur le point de lui échapper des mains.

Message vocal WhatsApp à Grazia.

Carlisi, symbole du microphone et icône ronde avec photo souriante. Décoiffé, lunettes sur le front et cigarettes.

Parlé avec Cristiano, de la Scientifique. Pour des questions de temps, ils se sont concentrés sur l'interrupteur et sur la zone qui, d'après ton Simone, concernait l'individu, et qui est plus ou moins au milieu de la salle. Travail rapide mais précis, tu sais comment est cette chochotte de Cristiano. De fait…
00:14 18:32

Pardon, coupé par erreur. Gros doigts et petit écran, je disais…
00:03 18:33

Putain, mais c'est quoi c'te merde de portable ? Je disais, de fait, sur l'interrupteur, il y a cette moitié d'empreinte qui n'appartient pas à ton ex. Ils ont fait des prélèvements aléatoires dans la salle et il n'y a que celles de Martini Simone, rien qu'elles, à part la demi-radiale je-sais-pas-ce-que-c'est-ce-bordel gauche sur l'interrupteur, un pouce, il paraît, et d'autres éparpillés dans ladite zone. Toutes du même individu inconnu. Il y a aussi une palmaire qui fait penser que le type était au sol, je dirais à quatre pattes. C'est quoi cette merde, hein ? Attends.
00:32 18:33

J'ai envoyé parce que, après, si ça s'efface, je dois tout redire depuis le début. Alors, par terre, avec les empreintes, ils ont trouvé un cheveu, presque un poil, parce qu'il est petit, mais en tout cas un cheveu. Plutôt clair. Sans bulbe, Cristiano dit qu'on ne peut presque rien savoir, et même avec le bulbe, on est pas dans *Les Experts* où ils font l'ADN à partir d'une crotte de nez de deux cents ans, mais il semble qu'il n'appartient pas à ton ex, ce serait, voilà, à quelqu'un d'autre. Il y en aura d'autres, des traces organiques, parce que je veux bien que Monsieur Muscle ne fasse entrer personne depuis un an, mais s'il n'a pas passé le nettoyeur vapeur partout, et ça me semble pas le genre, il doit y avoir des résidus des années précédentes, y compris les tiens, je suppose. Mais les empreintes localisées et la formation pileuse font penser que tu as probablement raison. L'Autre existe. Bravo, Grazia. Mais ça ne s'arrête pas là. Je suis allé chez le proc, Lorenzini, un ami, et je lui ai tout raconté, et maintenant nous aussi, on est en piste. Aux carabiniers la saisine pour l'Iguane, à nous celle pour l'Autre, à condition de bien tout partager avec les confrères. Mon cul, naturellement. Et mon cul qu'on s'occupera que de l'Autre. Chope-les, gamine.
01:07 18:35

Pourquoi il ne comprend pas ?

Je le lui ai expliqué, je le lui ai bien expliqué, calmement, avec les mots qu'il faut, et quand il n'y avait pas de mots, je le lui ai dit avec le visage. Certaines fois, quand je parle avec transport, je retrousse mes lèvres sur les dents et je le sais que ce n'est pas beau, ça fait peur, mais là maintenant j'ai essayé de ne pas le faire, j'ai gardé mes lèvres bien alignées dans un sourire, ce qu'il faut quand on parle d'amour.

Pourquoi tu ne comprends pas ce qu'est l'amour ? Attends.

Quand tu as mangé quelque chose de trop sucré ou de trop gras et que des frissons te montent dans la gorge jusqu'à rendre soûl ton cerveau. Quand tu es sur la balançoire et que tu vas remonter, ou que tu es en voiture et que tu es sur le point de sauter sur un dos d'âne, et que ta respiration bondit avec une fraîcheur entre les jambes avant même que ça arrive, que ta respiration se bloque rien qu'avec l'attente.

Tu comprends ? Non, ne me le dis pas, toi, ce que c'est l'amour, tu ne le sais pas. Moi, je te connais, *dottore*. Tu vis seul dans ce petit appartement. Tu n'as personne d'important dans ta vie, rien que le travail. C'est moi qui te l'explique, mais tu ne le comprends pas. Pourquoi tu ne comprends pas ? Attends.

Tu vois ce que ça fait quand tu te cognes fort quelque part, genre l'os du genou, ou que tu te fais une entorse à la cheville et que tu as si mal que tu voudrais pleurer mais en même temps tu as envie de rire, pas parce que c'est vraiment ridicule mais parce que c'est comme ça, c'est ce que ça te fait cette douleur-là, et tu pleures et tu ris bouche ouverte, dans un souffle unique, comme une mobylette et des petits chiens langue pendante ? Tu vois ce que ça fait quand il n'y a personne et que t'es dans le silence à penser à tes affaires, que tu es pas loin de t'endormir et puis tout à coup une porte claque très fort ou quelqu'un surgit et te fait *bouh!* et pendant un instant tout disparaît dans un bondissement du cœur qui efface toute sensation, et puis d'un coup arrive la décharge qui te fait danser comme si tu avais pris le jus ?

Tu comprends ? Pourquoi tu ne comprends toujours pas ?

Je ne veux pas l'écouter. Il essaie de m'expliquer la situation, dit qu'il veut m'aider, qu'il me connaît, qu'il me connaît bien, il sait ce dont j'ai besoin, mais moi ça ne m'intéresse pas et je ne veux pas l'entendre.

J'enfonce les doigts dans mes oreilles de souris, je les plante à l'intérieur, je secoue la tête et je chante fort comme on fait quand on est petit, je hurle, mais je vois sa bouche qui bouge et il me semble l'entendre quand même. Alors, je lui prends les lèvres, je les lui écrase avec la main et soulève la paume vers le haut pour lui serrer le nez avec le pouce. Je lui mets l'autre main derrière la nuque pour lui tenir la tête ferme et un genou en travers de ses jambes parce qu'il essaie de se relever, même s'il ne peut pas. Je lui ai attaché les poignets au dossier de la chaise, les liens d'électricien lui entrent dans la peau mais il continue de s'agiter, les yeux écarquillés qui semblent jaillir des orbites. Je le lâche et m'essuie la paume de la main sur sa veste, tandis qu'il halète et tousse pour reprendre son souffle.

Je lui demande : tu sais que l'amour est mort ?

Il secoue la tête et va de nouveau la ramener mais moi je lui bouche encore le nez et la bouche et je le tiens tête baissée.

Je lui dis : tu le sais que l'amour est mort.

Il hoche la tête et alors je le lâche. Je m'assieds sur ses genoux.

Tu le sais que l'amour fait peur.

Oui.

Tu le sais qu'il fait mal mais que, quand tu le rencontres, tu ne peux pas t'en passer. C'est comme ça, tu le sais, pas vrai ?

Oui.

Tu ne veux pas me voir saigner. Et alors, dis-le-moi. Dis-moi où est cachée cette femme. La policière.

Dis-moi où elle est.

Dis-le-moi.

– Je peux t'aider…

Non. Je le bâillonne d'une main, le tranchant lui bouchant les narines et le pouce en bas pour lui agripper le menton. Je glisse les doigts de mon autre main dans ses cheveux, par-derrière, je les lui tire et, de mon poing, je le pousse vers moi. Il tressaute sous moi, se débat entre mes genoux, me remplit la main de salive et de morve et gémit, les yeux exorbités, mais moi je ne le lâche pas et, quand j'ouvre les mains, il avale de l'air avec un sanglot si fort qui ça me ferait presque rire. Je m'essuie sur sa poitrine qui s'abaisse et se relève à toute vitesse tandis que je pense, ça ne suffit pas, il faut quelque chose de plus, plus convaincant.

Je regarde autour de moi et je le vois. Plié sur le bras du fauteuil, avec le ticket du pressing accroché au cintre de métal. Un sac de cellophane. Je vais le prendre, le retire doucement du vêtement, en essayant de ne pas le déchirer, et je le lui montre avant de passer dans son dos.

Je le lui enfile sur la tête et le serre autour du visage, en tournant derrière le cou comme pour faire un nœud, je tire vers le bas et appuie mon front à sa nuque, fermant les yeux.

Maintenant oui, ça marche. Maintenant oui, je te fais vraiment peur, je le sens. C'est inutile que tu t'agites, tu ne peux pas fuir. Inutile de résister. De toute façon tu vas me le dire où est cette femme, de toute façon tu vas me le dire, tu vas me le dire.

Mais j'ai commis une erreur. Je n'ai pas pensé au gaz carbonique, tu en as rempli le sachet à chaque aspiration frénétique, t'intoxiquant plus vite que je ne voulais.

Je ne sais pas depuis combien de temps il ne bougeait plus quand j'ai rouvert les yeux. Et dès que je l'ai vu comme ça, effondré sur lui-même, la cellophane qui adhérait à sa bouche béante comme s'il était sous vide, avec un halo de sang rougeâtre là où il s'est mordu la langue, j'ai compris que le Dr Persichetti était mort.

Ce n'est pas lui qui me dira où se trouve la femme.

Je dois chercher encore.

Chercher, encore.

Bologne 5

Roberto sort de la voiture et appuie ses fesses sur le capot. La chaleur de l'été enfui est presque revenue mais il ne veut pas s'en aller. Il joue avec son portable en le faisant tourner entre ses doigts. La nuit vient juste de commencer, il n'y a personne qui passe et il s'ennuie, alors il pense qu'il peut peut-être enregistrer quelque chose à poster sur Twitter.

Mais il y a le silence, ici, au cœur de Bologne, avec lui seul à la station, et l'air est si doux qu'il ne se sent pas de faire l'idiot. Il faudrait une réflexion sérieuse, pas trop, hein, juste un peu, quelque chose sur Bologne, parce que, à cet instant, c'était sa ville qui lui était venue à l'esprit et il avait senti en lui un élan de tendresse.

Il regarde autour de lui, le portique avec les rideaux de fer baissés des magasins qui, sous les arcades, ressemblent à des paupières baissées, la perspective des colonnes qui courent vers une portion de San Petronio, les lumières jaunes des lampadaires qui se reflètent sur la moitié en marbre de la basilique. En tournant encore vers la droite, il y a le palais Re Enzo et toute la via Rizzoli qui s'en va, et devant, de l'autre côté de la rue, les immeubles avec leurs bars et leurs boutiques, fermés eux aussi, et à la fin de nouveau lui et son taxi, Bologne 5, à l'arrêt à la station Nettuno.

Ainsi songe-t-il que, malgré le nom qu'on lui a donné, la station n'a rien à voir avec la statue, ici c'est la piazza Re Enzo, la fontaine avec, se dressant au-dessus, le roi de la mer, sur une placette tout à elle, la piazza del Nettuno, justement, et il lui vient à l'esprit aussi cette histoire de Jean Bologne qui a fondu le bronze de la statue et voulait lui planter à l'avant une grosse bite digne d'un dieu, les Bolonais l'appelaient le Géant, *al Zigànt*, mais ça ne plaisait pas au pape, mon Dieu, ce n'était pas convenable, et il l'a obligé à lui mettre un de ces petits zizis comme ceux qu'on avait en général entre les jambes des statues antiques. Mais quand on l'a dressée, Jean Bologne l'a fait tourner de manière à ce que, si on le regarde par-derrière, on voit le pouce d'une des deux mains, celle qu'il garde ouverte, puisque l'autre tient le trident, et le pouce se dresse bien droit et bien long. Il y a aussi une pierre plus foncée sur le dallage de la place, qui a l'air de se trouver là par hasard mais ils l'ont mise exprès, sûrement, parce que si vous vous placez là, vous voyez les fesses puissantes du Géant, sa cuisse musculeuse et cette fusée qui émerge des flancs, avec l'ongle du pouce qui la fait paraître circoncise, en plus. *Toh mo'*.

Roberto allume son portable et touche l'icône de l'appareil photo, mais là, il s'arrête, parce qu'il n'a pas envie de faire l'idiot avec l'*usèl*, l'oiseau, du Géant. Il y a cette tendresse nocturne qui lui a fait penser que le Neptune, comme il a été fait, ses proportions, les détails, voilà, pour lui, c'est la plus belle statue du monde. Bologne est la plus belle ville du monde.

Alors, il se demande quel est le plus bel endroit de Bologne et il pense que, pour lui, c'est au sommet de la tour Asinelli, la tour des petits ânes, qui est la plus haute des deux, pas la tordue, l'endroit le plus beau de Bologne, et donc du monde, c'est là-haut, c'est magique, il n'en partirait jamais.

Et penser à la tour Asinelli lui met en tête la fenêtre qui l'encadre au bout du couloir de San Michele in Bosco, qui est maintenant l'Hôpital Rizzoli, avec son effet de longue-vue à l'envers, parce que quand on s'approche, elle se rapetisse, la tour, et que quand on s'éloigne, elle paraît plus grande, illusion d'optique provoquée par le chambranle de la fenêtre qui s'élargit ou se resserre au coin des yeux, et quand il fait soleil dehors, il fait noir à l'intérieur, comme le cadre d'un téléobjectif avec le zoom.

Et penser à un endroit qui n'est jamais ce dont il a l'air lui met en tête la piazza Santo Stefano qui, si on veut rester en bas, au rez-de-chaussée, et non au sommet des immeubles et des tours, est pour lui l'endroit le plus beau de Bologne et du monde. Avec sa surface tordue de pavés ronds sur lesquels on marche mal, on dirait des têtes d'œuf, mais le fragile c'est vous, pas eux, qui sont là depuis toujours, avec les portiques aux balustrades hautes, sous lesquelles on peut s'asseoir, et au fond la basilique, qui contient sept églises, emboîtées les unes dans les autres, et par-dessus et par-dessous aussi. Et pourtant, cette aire triangulaire que tout le monde, y compris Google Maps, y compris le navigateur, y compris les chauffeurs de taxi, appellent la piazza Santo Stefano, n'est pas une place, mais seulement ça, une aire sur une rue qui continue ensuite. Les bars, les boutiques, les maisons qui donnent sur les œufs de pierre ont un numéro et le nom d'une rue, *via Santo Stefano*. Et il est bien curieux que la place la plus belle de Bologne, rendez-vous compte, en réalité n'existe pas.

Mais même cette réalité bizarre d'une ville dans laquelle il y a tout, tout, y compris ce qu'il n'y a pas, ne le satisfait pas tout à fait. Finalement, ça ne veut dire qu'une chose, c'est que Bologne est la ville la plus belle du monde, et donc il suffirait d'allumer la vidéo, d'y glisser la tête et de le dire : *Bologne est la plus belle ville du monde*.

Mais il ne le fait pas. Entre-temps est arrivé un autre taxi qui s'est garé derrière le sien, à la station, et a en quelque sorte rompu le charme.

– Oh là, Robi !

Il le connaît, petit, rond, avec un bide qui s'encastre sous le volant quand il conduit, il porte le masque sous le menton parce qu'il n'y croit pas mais si les clients le demandent, on sait jamais, qu'est-ce qu'il faut faire ?

Roberto lève la main et le salue, puis feint de lire quelque chose sur son portable, comme ça peut-être que l'autre va rentrer dans le taxi qu'il a garé derrière lui et peut-être qu'il va récupérer un peu de magie. Mais non, il s'approche.

– Écoute, ce soir, vers dix heures, y a un type qui te cherchait.

– Il me cherchait, moi ? Et c'était qui ?

L'autre hausse ses épaules grassouillettes.

– Je sais pas, un client. Il dit que, hier soir, il a oublié quelque chose dans un taxi, Bologne 5, il se rappelait le sigle, c'est le tien.

Roberto hoche la tête. Bien sûr, c'est le sien.

– Et pourquoi il n'a pas appelé la coopérative ? On me l'aurait dit…

– Boah. Il n'a pas appelé ?

– On me l'aurait dit.

– Boah. Il m'a demandé si je te connaissais, comment tu t'appelais, où je pouvais te trouver…

– Et toi ?

– Mais non… ah, bon sang, je pouvais peut-être le lui dire, comment tu t'appelles, pas où tu es, bien sûr que non, mais… je sais pas. Il était tellement…

Il serre les lèvres en enfonçant sa tête entre les épaules, encore plus rond.

– Tellement quoi ?

– Tellement bizarre.

Roberto frissonne. Jusqu'à ce moment, il n'y avait pas pensé, à Ray Cooper, des clients de ce genre ça arrive, et quoique lui, il regarde toujours, à la fin de son service, s'il traîne quelque chose dans la voiture et bon, l'autre soir, il lui semble qu'il n'y avait rien, c'est seulement quand il a entendu ce mot, *bizarre*, que le Diable a surgi dans sa tête, mettant des frissons glacés dans sa moelle épinière et sa nuque rasée.

– C'était quel genre ? demande-t-il.

– Grand, maigre, tempes dégarnies. Il portait une veste, par cette chaleur.

Ray Cooper.

– Et il a demandé après moi.

– Il est resté un moment appuyé à la colonne, à regarder les taxis qui arrivaient. J'ai fait deux courses et il était toujours là. Puis il a dû en avoir marre parce qu'il est venu demander. J'ai fait un autre tour et, quand je suis revenu, il n'était plus là. Oh, hein, moi, je te l'ai dit.

Visiblement, ça le fatigue de rester debout et, de fait, il dit au revoir et retourne à son véhicule. Mais avant d'y entrer, il se retourne à nouveau.

– Écoute, moi, je lui ai rien dit parce que j'avais pas confiance mais peut-être qu'il l'a demandé à quelqu'un d'autre qui l'a pas trouvé bizarre comme moi et qui lui a répondu.

Et ça, ça lui fait peur. Aussi parce que Roberto fouille dans son taxi, penché par la portière ouverte et puis à genoux sur le siège arrière, la tête sous les sièges avant, mais il ne trouve rien, pas de portefeuille, de carte d'identité, de paquet, même pas un bout de papier. Rien. Alors, pourquoi il le cherche, Ray Cooper ?

Roberto monte en voiture et, instinctivement, bloque les portières. Il a sa compagne chez lui et lui envoie un message vague, *comment ça va*, parce qu'il ne veut pas l'effrayer avec un truc de cinéma, genre *enferme-toi, fuis*, peut-être que c'est juste une connerie.

Rien que de le dire comme ça, le Diable, Ray Cooper, Ray Cooper me cherche, celui d'Elton John à Moscou, il avait les yeux blancs, allez, oh. Ça lui paraît ridicule à lui aussi.

Peut-être que le client a vraiment laissé quelque chose dans son taxi et que Roberto ne l'a pas encore trouvé. Ou qu'il l'a perdu ailleurs et croit que ça s'est passé dans le véhicule, l'autre soir. Peut-être qu'il s'est souvenu qu'il ne lui a pas donné de pourboire et qu'il veut se rattraper. Bon, là, faut pas exagérer.

Mais il y a encore ce frisson qui lui mord le dos. Il n'est pas du genre à s'effrayer facilement, avant d'être chauffeur de taxi il a conduit pendant vingt ans le camion de la fourrière pour le ramassage des voitures en stationnement interdit, il dit toujours qu'il était l'homme le plus haï de Bologne, il faut bien être un peu méchant pour faire ce métier-là.

Mais peut-être qu'il vaudrait mieux qu'il en parle à quelqu'un.

Et qu'est-ce qu'il dirait : Ray Cooper, le Diable, Elton John ?

Il l'avait déjà fait, pour signaler un dealer, parce que c'est comme ça qu'ils se déplacent maintenant, ils prennent un taxi et vont chez les clients, mais on lui avait répondu courtoisement de se mêler de ses oignons, qu'ils avaient déjà assez de boulot comme ça. Et maintenant ? Des yeux blancs sur la planète Terre.

Voilà, c'est la référence aux yeux qui le lui rappelle. Il y a un type, un aveugle, un non-voyant qui est du côté de la via Costa. Il a fait sa connaissance durant le confinement, le premier, le sévère, quand on ne pouvait pas sortir. Comme lui, en revanche, il pouvait, et qu'il était dehors toute la nuit à rien faire ou presque parce qu'il y avait très peu de boulot, il avait fait passer le mot que si quelqu'un avait besoin de provisions, de médicaments, des repas nocturnes que quelques restaurants offraient aux gens de service à l'hôpital, ce qu'on voulait, lui il passerait le prendre et l'apporterait. Gratis, naturellement. Une bonne action, la mairie lui avait même donné une médaille.

Il y avait ce type, via Costa, qui de temps en temps avait besoin de lui, un type solitaire, qui ne parlait jamais mais une fois, à ce qu'il semblait, il était particulièrement en crise, il s'est mis à bavarder à la porte de l'immeuble, Roberto était derrière le portail, et il lui a dit qu'autrefois il était fiancé à une policière, une pointure, un nana importante.

Peut-être qu'il saurait lui dire qui appeler sans se faire envoyer foutre.

Roberto prend le téléphone et vérifie qu'il a encore le numéro. Il est là : *Simone Aveugle.* Il voit aussi qu'il est une heure du matin et qu'il vaut peut-être mieux appeler demain.

Puis il démarre. Annabella lui a répondu *oui, je dormais*, et il se sent plus tranquille aussi grâce à ce contact éventuel avec la police, mais il y a toujours ce frisson, et il veut rentrer.

Le service de nuit dans la plus belle ville du monde se termine là.

Grazia retenait son souffle, l'index figé devant les lèvres retroussées des petites pour sentir leur respiration sur sa peau mouillée de salive. Elle l'avait fait plusieurs fois durant la nuit qu'elle venait de passer pratiquement sans dormir, et heureusement qu'il y avait Ersilia, qui s'était pointée en pyjama et pantoufle pour l'aider. Elle le lui avait dit pendant qu'elle berçait une des fillettes pressée contre le coussin de ses seins serrés dans le soutien-gorge de dentelle noire: *les petits enfants mangent, dorment, chient et pleurent, mais toi, tu dois les coordonner, collègue, sinon tu vas devenir dingue, elles sont deux quand même!*

Les rares fois où elles s'étaient endormies en même temps, Grazia s'était étendue à côté d'elles, nuque appuyée sur la tête du lit, en essayant de sombrer elle aussi dans le sommeil acide qui grésillait autour d'elle, mais ensuite elle était prise d'un doute, est-ce qu'elle avait oublié quelque chose, ce silence savoureux n'était peut-être qu'apparent, et alors elle se relevait pour les regarder, fixant la courbe des épaules pour saisir le mouvement rassurant de la respiration, et quand elle n'y parvenait pas, elle essayait avec un doigt mouillé de salive, comme pour sentir le vent.

Tu le faisais, toi aussi? avait-elle demandé à Ersilia, qui avait haussé ses épaules grassouillettes.

– C'est plutôt un truc d'hommes. Les mamans ont des instincts différents.

– Je serais pas une maman anxieuse, comme la mienne?

– N'y pense pas, tu as assez de soucis en ce moment.

Grazia ne dit rien. Elle aurait voulu continuer à parler mais visiblement Ersilia tombait de sommeil, et elle la laissa partir. Elle remonta les jambes sur le lit, la nuque contre la tête de celui-ci, ses pieds nus serrés l'un contre l'autre, et pensa que oui, la situation, l'Iguane, l'enquête, planqués là dans les Apennins comme des truands en cavale, ce n'étaient pas les meilleures conditions pour réfléchir à l'apprentissage du métier de maman. Elle se demanda si les petites la sentaient, toute cette tension, la haine, la peur, parce qu'elle en ressentait, de la peur, elle gardait son pistolet sur la table de nuit, et parce qu'elle le haïssait, l'Iguane, qui lui faisait perdre ces moments. Parce que, davantage qu'aux couches et au tire-lait, davantage qu'à chercher son propre reflet dans le regard absorbé et absent des fillettes quand elles la fixaient, elle pensait au moyen de l'attraper, ce monstre, à la chasse qu'il fallait lui donner, parce qu'elle aimait se concentrer là-dessus, elle le sentait fort dans son sang, plus que les couches, le tire-lait et le reflet dans les yeux, et de nouveau ça, ça lui faisait peur. Parce qu'elle avait mis longtemps à décider si elle voulait être chasseuse d'hommes ou bien maman, et elle avait décidé d'être maman, seulement ça, maman, et maintenant, en fait, il lui fallait recommencer du début. Pourquoi, pourquoi, pourquoi. Haine et peur.

Il lui sembla qu'elle venait juste de s'endormir quand elle entendit un grand bruit. D'instinct, elle allait poser la main sur le Beretta avant même d'ouvrir les yeux mais elle reconnut la voix de Simone, *aïe, putain de merde*, sifflé entre les dents. Il était sur le seuil, en train de se masser l'épaule qu'il venait de cogner contre le montant. Il était habillé comme la veille, mais pieds nus et décoiffé. Il avait dormi sur le canapé du bureau au-dessus, sans même descendre manger.

– Un moment, j'ai cru qu'il y avait un petit chat, dit-il, puis cette nuit j'ai entendu pleurer. Quand est-ce que tu as… quand ?

– Hier. Non, avant-hier. Je crois. J'ai perdu le compte, on nous a ramenées ici de l'hôpital quand je venais juste de les avoir. Elles sont deux. Des filles. Tu veux les toucher ?

Simone secoua la tête. Il renifla et Grazia ne comprit pas si c'était pour sentir l'odeur des petites ou quelque chose d'autre. Il y avait une larme au coin de l'œil mi-clos de Simone, accrochée à un cil comme si elle ne voulait pas tomber.

– Elles sont de qui ? demanda-t-il.

– De quelqu'un. Un donneur, je ne me rappelle même pas son nom. C'est-à-dire, je voulais juste l'oublier. Je suis une mère célibataire, Simò.

– Je suis désolé.

– Pas moi. Oh bon sang, j'en sais rien pour le moment. Mais c'est ce que je voulais.

– C'est pas ce que je voulais dire.

Elle n'entendit pas ces derniers mots, prononcés à voix basse. Elle quitta le lit et Simone recula d'un pas en l'entendant arriver. Grazia le poussa hors de la chambre, doucement, elle ne voulait pas courir le risque de réveiller les filles et avait envie d'un café. Elle lui demanda, *tu veux un café, Simò ?*, il hocha la tête et se laisser guider vers la cuisine, supportant la main de Grazia qui lui serrait un bras, doigts autour du biceps, leur extrémité pressant sur le muscle.

– Simone, t'as fait quoi, là ? De la muscu ? Quand je t'ai connu, t'étais un nerd tout maigre qui vivait dans une mansarde, je t'ai quitté que t'étais un homme au foyer ventripotent et en colère contre le monde, et je te retrouve maintenant… regardez-moi ça !

Elle avait remonté la main dans la manche du t-shirt, sur le triceps qui bombait sous la peau. Simone s'écarta et fit un pas de côté dans la cuisine inconnue, cognant de la hanche contre un coin de la table. Ça lui fit mal, mais peu importait. Il avait senti quelque chose, dans le contact et dans la voix de Grazia, dont il ne voulait pas. Il s'agrippa au rebord de la table et le serra fort, comme si c'était le seul point d'appui sûr, un rocher au milieu du courant.

– Mais tu t'entraînes beaucoup, Simò ?

– Toute la journée. Tous les jours.

– Bon sang, mais t'es dingue ? Et quand tu t'entraînes pas, tu fais quoi ?

– Je me repose.

Il l'entendait ouvrir et refermer des portes de placard. Entendit le crissement métallique de la cafetière qu'on dévisse. La petite cuillère qui cogne contre le rebord du bocal et le bruit feutré du café pressé dans le filtre. Les cliquetis électriques du feu qu'on allume sur la cuisinière.

– Et de quoi tu vis, Simò ? Avant, tu enseignais à l'école.

– Invalidité, indemnité de départ, assurance. Je me contente de peu, tu sais comment je suis.

– Eh oui, je sais, je sais.

Grazia tira une chaise de sous la table et s'y percha. Elle leva les jambes en collant ses talons au bord du siège mais comme elle allait entourer ses genoux de ses bras, elle se rappela qu'elle était à demi nue, en culotte et débardeur, alors elle dit *'ttends-moi* à Simone et alla mettre quelque chose, pour le cas où entrerait un collègue de la protection ou que Carlisi se pointe, cette villa était un hall de gare.

Simone resta seul dans la cuisine. Il serra encore plus fort le rebord de la table parce que soudain, de manière inattendue, c'était ainsi qu'il s'était senti : seul. Ça faisait un moment que ça ne lui était pas arrivé, longtemps, il ne se rappelait plus depuis quand. Perdu, abandonné. Seul.

Il eut l'impulsion d'appeler Grazia, puis entendit le claquement de ses pieds nus sur le carrelage de la cuisine. Arriva aussi le gargouillement de la cafetière, et l'odeur du café.

– Tu le prends toujours sucré, Simò ? Qu'est-ce que je te fais pour le petit-déjeuner, je te mixe six œufs à boire, comme Rocky ?

Simone ne put retenir un sourire. Il chercha à tâtons dans le vide un dossier de chaise et le trouva.

– Tout me va.

Au début, il avait téléchargé une dizaine de fiches nutritionnelles et s'était perdu entre calculs de pourcentages de gras saturé et de courbes protéiniques, puis il avait compris que ce n'était pas pour lui. Il mangeait ce qu'il voulait, du moment que ça lui donnait l'énergie nécessaire pour soulever plus de poids.

Grazia posa le café devant lui, presque sous son nez, et d'une pression légère des doigts, lui poussa la main jusqu'à la tasse. Elle retourna s'asseoir et, cette fois, allongea les jambes sur la table, chevilles croisées dans un coin et tête rentrée dans les épaules, appuyée au dossier de la chaise. Elle avait encore du sommeil qui tournoyait autour de sa tête comme une auréole et une gorgée de café ne suffit pas à le chasser.

– Comment elles s'appellent ? demanda Simone, qui n'avait pas encore touché le sien.

– Je ne sais pas. Je n'ai pas eu le temps de finir de décider. Nous non plus, tu te rappelles ?

– Si on avait réussi à aller jusqu'au bout, on aurait trouvé. On avait bien quelques idées.

– Bien entendu, les noms des papas et des mamans. Dans ce cas, vu que la mienne s'appelle Addolorata et celle du type j'en sais rien, laissons tomber. Pour l'instant, ce sont les Petites, et ça suffit. Je te fais cuire deux œufs, Simò.

– Tu ne me l'avais pas dit, que tu étais enceinte.

Grazia ouvrit le frigo, puis se hissa sur la pointe des pieds pour prendre une tasse dans un placard.

– Mais si, je te l'ai dit. C'est-à-dire, d'abord, je t'ai appelé et tu ne m'as pas répondu, puis je t'ai envoyé des messages que tu n'as même pas lus. Le dernier juste avant d'aller à l'hôpital.

Possible. Il avait effacé son numéro. Et, en tout cas, ça faisait un an qu'il ne répondait pratiquement à personne. Il l'entendit battre les œufs et, pendant qu'il soufflait sur son café, perçut le grésillement de la poêle. Tout, l'odeur de l'huile qui frémissait, la chaleur lisse de la tasse sur ses lèvres, même le bruit des pieds de Grazia sur le sol, tout le ramenait en arrière, à l'époque où ils étaient ensemble, et il ne voulait pas. Les bruits et les odeurs, il avait recommencé à les percevoir, et ça, il ne voulait pas.

Il y avait encore cette larme au coin de l'œil, à moins que c'en soit une autre, il l'écrasa entre ses doigts, l'essuyant du dos de la main. Il le dit avec colère et voulait être décidé, mais ça résonna plutôt comme une prière :

– Quand est-ce que je pourrai retourner chez moi ?

– Quand on aura pris l'Iguane, Simò.

"*Bologne 5.*"

Elle n'était plus habituée à la sonnerie du portable de Simone, qui prononçait le nom de l'appelant et, même si ça avait été à peine plus qu'un murmure, elle avait failli laisser tomber les œufs par terre. Simone non plus ne s'y attendait pas, parce qu'il sursauta. Il gardait son téléphone dans la poche de son jean et ne le quittait jamais, pour pouvoir commander ce dont il avait besoin ou se faire dire par le timer les temps de repos entre les exercices, certes pas pour parler avec quiconque. Mais c'était Roberto, le chauffeur de taxi.

"*Bologne 5.*"

– Allô ? Non, t'inquiète pas, je suis déjà réveillé. Oui, bien sûr, je t'écoute...

Grazia déposa les œufs dans une assiette, en les retournant pour que Simone ne prenne pas tout de suite la partie du blanc qui avait brûlé. Elle dit *Simò, parle bas parce que si tu me réveilles les petites je t'étrangle*, puis elle prit la fourchette qu'elle avait posée sur l'assiette, détacha le bout cramé et commença à le grignoter en le tenant entre ses doigts, parce qu'elle, en fait, elle aimait ça.

Mentionner l'Iguane le lui avait remis en tête avec toute l'inquiétude de tout à l'heure. La haine et la peur. Elle passa de la fine croûte salée à la peau à l'intérieur de sa joue pendant qu'elle réfléchissait. Elle était presque sûre que l'Autre existait vraiment et s'était convaincue qu'il aidait l'Iguane. Bon, d'accord, Alessio Crotti était doué mais il n'aurait pas réussi à se cacher comme ça, tout seul, et probablement les carabiniers l'auraient déjà attrapé. Et même dans le modus operandi des meurtres, il y avait quelque chose qui ne collait pas. *Trouvons l'Autre*, elle l'avait déjà dit et elle se le répéta, *et on trouvera l'Iguane.*

Et, tandis que de la pointe de ses canines, elle creusait l'intérieur de sa joue, quelque chose lui vint à l'esprit. Elle ne le dirait jamais à Anna Maria Cescòn, *dottoressa* et profiler de l'UACV, peut-être à Carlisi oui, parce que c'était un couillon, efficace mais couillon, mais elle avait songé à ce film, *Le Silence des agneaux*. Elle n'aimait pas les polars, et pas ce film non plus, mais elle l'avait montré à Simone et Carlisi le lui citait toujours. Il y avait le tueur en série, Hannibal Lecter, qui disait à la policière qui cherchait l'autre, Buffalo Bill, *qu'est-ce qu'il fait ? il désire, et qu'est-ce qu'il désire ? ce qu'il voit.* Plus ou moins.

Alors, si l'Autre aidait l'Iguane, ça signifiait qu'ils s'étaient vus quelque part, quand il était encore dans l'Institut psycho-judiciaire, à la résidence, peut-être quelqu'un que connaissait un des deux tués. Elle devait demander au Dr Persichetti, à Marta, s'ils avaient déjà vu quelqu'un entrer en contact avec l'Iguane. Aller à la résidence, en personne, maintenant qu'elle pouvait y aller sans provoquer un incident diplomatique avec les carabiniers, chercher un indice qui puisse conduire à l'Autre.

Y aller avec Marta, qui peut-être ne voulait pas mais qui devrait venir quand même pour voir si elle se rappelait quelque chose, ou quelqu'un, de bizarre.

– D'accord, je le lui demande. Je te rappelle après, salut.

Elle était tellement plongée dans ses pensées qu'elle ne s'était pas aperçue que Simone lui parlait. Autrefois, il était capable de comprendre quand elle était absente tout en étant là, mais maintenant non, il avait commencé à parler dans sa direction, en tendant la main vers là où il avait senti l'odeur de l'œuf.

– Pardon, Simò, qu'est-ce que t'as dit ?

– Je disais que cet ami chauffeur de taxi m'a appelé...

Elle était de nouveau distraite. Une autre sonnerie, dans la chambre où dormait Ersilia. Elle l'entendit répondre, de fait, et pendant ce temps elle pensait à l'Iguane, à l'Autre et aux petites qui dormaient, pourvu qu'elles ne se réveillent pas, bon sang, peut-être valait-il mieux fermer la porte.

– Pardon, Simò, tu disais ?

– Mon ami qui fait le taxi l'autre soir a chargé un type bizarre...

La voilà, Ersilia. Encore en pyjama et pantoufles et dentelles noires, mais pistolet en main. Elle ne dit qu'une chose, *il a tué Persichetti*.

Grazia bondit derrière la table. La pensée qu'elle allait devoir réveiller les petites lui traversa l'esprit, comme un éclair, mais se perdit au milieu de tout le reste.

– Qu'est-ce qui se passe ? demanda Simone, éperdu.

– Mets tes chaussures, Simò, tout de suite.

– Pourquoi ?

– Parce que l'Iguane a tué un type qui savait où nous sommes. Il faut qu'on s'en aille.

Ansa.it
Dernières nouvelles.
Imola : découverte du corps d'un psychiatre responsable de la résidence où avait eu lieu un double meurtre.

C'était la plus petite taille mais elle paraissait quand même immense pour elle. Ensevelie dans cette combinaison blanche de la Scientifique, avec les gants, la capuche serrée autour du visage et les surchaussures, Marta ressemblait à Kenny, le gamin de *South Park* qui meurt à chaque épisode. Quand Grazia lui remonta la fermeture à glissière jusqu'au masque, seuls ses yeux écarquillés restèrent visibles.

Ce n'était pas que la combinaison lui aille mieux, elle aussi était petite, mais elle la portait avec décidément plus d'aisance, prête à entrer avec les deux gaillards du RIS, le Service des enquêtes scientifiques des carabiniers, qui allaient les accompagner à l'intérieur, parce que bon, d'accord pour la collaboration, mais c'était quand même mieux de ne pas faire trop confiance.

Carlisi et Cescòn se tenaient aux extrémités opposées de la petite cour de la résidence, le plus loin possible l'un de l'autre, le questeur adjoint avec le commissaire Cristiano, de la Scientifique de la police, la *dottoressa* en conversation avec le capitaine des carabiniers d'Imola.

Un peu plus tôt était arrivée une camionnette avec deux maçons qui avaient recommencé à travailler dans le pavillon voisin de celui qui était interdit d'accès par un ruban adhésif jaune de l'autorité judiciaire. Le magistrat avait aussi mis sous scellés l'édifice adjacent à la résidence, juste le temps d'une perquisition pour exclure que l'Iguane se soit caché à l'intérieur, mais quand il avait levé l'interdiction, l'entreprise avait encore attendu un peu avant de relancer la rénovation, parce qu'il n'y avait pas grand monde qui veuille revenir travailler dans ce coin. Il y avait une vieille bétonnière sur roues, dans la courette, et les ouvriers s'étaient appuyés sur son ventre rouillé pour contempler ces allées et venues de gens en combinaison blanche, jusqu'à ce que l'un d'eux en ait marre et commence à y balancer des pelletées de sable.

Sur un signe de Grazia, les carabiniers avaient commencé à détacher les rubans qui barraient la porte comme une toile d'araignée de plastique jaune. Elle était attentive et vit que l'un d'eux était cassé, comme si quelqu'un avait essayé de passer en dessous, mais ça devait être le vent, parce que derrière la porte était encore fermée à clé.

Quand ils l'ouvrirent, elle sentit quelque chose se serrer dans son ventre, et ce n'était pas la cicatrice. Un instant, l'idée d'entrer dans la tanière de l'Iguane la mit mal à l'aise, sensation plus forte que la curiosité de la fouiller, mais ça ne dura qu'un instant. Grazia respira fort, leva le regard sur la masse de la Rocca d'Imola au bout de la rue et, quand elle le ramena plus bas, elle s'aperçut que pendant tout ce temps Marta n'avait cessé de la fixer.

– Tu te sens d'entrer ?

– Où sont les petites ?

– À la maison… c'est-à-dire, à l'endroit où on est maintenant. Tu te sens de…

– Pourquoi tu ne les as pas amenées ?

– Parce que là-bas, elles sont plus en sécurité.

Avant, c'est ce qu'elle aurait fait, elle les aurait laissées dans la voiture sous la garde de quelqu'un, là dehors, mais la possibilité d'entrer chez l'Iguane lui avait fait oublier ses obsessions de maman avec une facilité qui l'aurait inquiétée, si seulement elle y avait pensé.

– Je pourrai les revoir ?

– Oui, quand tout sera fini, et même, écoute, si tu veux, quand j'en ai besoin, je t'appelle pour faire la baby-sitter. Marta, tu te sens ou pas ?

Marta hocha la tête, alors Grazia lui prit la main et elle la fit entrer, comme une enfant.

À part les interventions du RIS, dans la cuisine tout était resté comme le premier jour, avec les macaronis figés dans les assiettes en plastique. Grazia regardait Marta qui regardait la pièce, et c'est seulement quand elle arriva à l'évier qu'elle sentit qu'elle lui serrait la main plus fort. Elle la vit bouger les lèvres sous le masque, *oku o tsuretette*, alors elle lui entoura d'un bras les épaules en murmurant *du calme, Martina, allez*, et la poussa en avant. Elle l'attendrissait.

La chambre de l'Iguane était la première à gauche. Il y avait encore l'armoire ouverte par les carabiniers pour vérifier que personne n'y était caché et le lit défait, avec les draps enlevés du matelas et la couverture en boule dans un coin. Grazia imagina que l'Iguane ne devait pas avoir le sommeil tranquille, et cette pensée lui fit plaisir. Il y avait aussi un oreiller à terre. Marta lâcha la main de Grazia et, sans laisser le temps à cette dernière d'intervenir, elle le prit et le remit en place sur le lit.

– Ne touche à rien, s'il te plaît. Regarde seulement, et si tu vois quelque chose de bizarre ou qui appartient à l'Ig… à Alessio, tu me le dis, ok ?

Mais il n'y avait rien. Rien de bizarre et surtout rien qui puisse faire penser à l'Autre. Grazia fouilla dans l'armoire, les tiroirs et les quelques objets qui se trouvaient sur une petite table contre le mur. Pantalons, t-shirts et pulls plus ou moins tous pareils, sous-vêtements, pantoufles et une paire de baskets, et sur la table des flacons de plastique contenant les cachets et un antistress en forme de cœur, et un pop it avec des bulles de caoutchouc à presser.

– C'est moi qui le lui ai offert, dit Marta en montrant le jouet, il s'en servait tout le temps.

Et elle aussi écrasa l'air avec ses index.

Grazia n'y prêta pas attention. Il y avait une boîte sous la table, une de ces boîtes couvertes de papier coloré, avec une poignée sur le couvercle de carton. Elle la souleva et, du bout du doigt, releva le fermoir en crochet. Elle était pleine de petits trucs emmêlés et elle dut en prendre un pour comprendre que c'étaient des souris, des petites souris de métal, sujets faits d'un fil de fer qui partait tout droit de la queue, tournait en spirale pour le corps, formait un angle pour le museau et revenait en arrière pour dessiner des oreilles en cercle, comme une espèce de huit. Il devait y en avoir une centaine. Grazia regarda Marta, qui haussa les épaules.

Voilà, ça, c'était bizarre. Parce qu'elle ne le voyait vraiment pas, l'Iguane, entortiller du fil de fer avec une pince comme un hippy derrière un étal équitable et solidaire. Mais qui sait, peut-être Marta avait-elle raison, peut-être était-il devenu bon. À part les trois morts qu'il avait laissés derrière lui.

Grazia remit en place la boîte et regarda autour d'elle une dernière fois, concentrée, l'intérieur de la joue entre ses dents, à peine troublée par le grondement sourd du moteur de la bétonnière, qui arrivait jusque-là. Pendant un instant, il lui revint cette idée, le bruit des travaux, les obsessions de l'Iguane qui réémergent, les carabiniers qui n'avaient pas trouvé d'écouteurs radio, elle aussi les chercherait encore, maintenant.

Elle reprit Marta par la main, comme une petite sœur, et la conduisit dans la chambre des colocataires. Là, il y avait plus d'affaires, des vêtements divers, des livres, des disques. Paolone collectionnait des capsules de bière, de celles en couronne, et Lorenza aimait les gommes, qu'elle gardait dans un panier, il y en avait beaucoup, en forme de tranche de pastèque, de hamburger, de pomme. Pas d'écouteurs radio jaunes. Mais là aussi, rien de bizarre, rien qui puisse renvoyer à quelqu'un d'autre, et le regard indifférent que Marta laissait glisser sur la pièce le lui confirma.

Il ne restait plus qu'un endroit où regarder.

– Martina, maintenant il faut qu'on aille dans la salle de bains. Il n'y a plus… c'est-à-dire, les corps, ils les ont emportés, mais ça va être encore tout sale, si tu ne te sens pas, je comprends mais j'aimerais…

Un hurlement.

Aigu, seulement un peu cassé par épuisement une fois au bout du souffle.

Un hurlement de peur.

Ça venait de dehors.

Ce qui s'était passé, c'est qu'au moment où un ouvrier ajoutait de l'eau dans la bétonnière avec un tuyau de plastique, du ventre tournant avait surgi une main.

L'ouvrier – c'était celui qui avait hurlé – avait fait un bond en arrière pendant que la main montait, tournant sur elle-même, le poignet, un avant-bras, jusqu'au coude, et puis elle était retombée.

Un instant, tous étaient restés figés, puis le capitaine des carabiniers avait réagi le premier et arrêté la bétonnière en écrasant de la paume le bouton de sécurité en forme de champignon.

L'autre ouvrier, alors, avait agrippé la roue sur le côté de la machine et sans que personne ne le lui demande, mais il l'aurait fait quand même si on lui avait dit de s'abstenir, il l'avait tournée avec force, vidant la cuve.

Grazia était arrivée à ce moment. Elle était sortie dans la cour juste à temps pour voir ce corps gluant de boue glisser au-dehors, sur le gravier, recroquevillé sur le flanc comme un fœtus.

Il était couvert d'une patine grisâtre qui lui remplissait les orbites, le nez, la bouche grand ouverte, le sculptait comme un moulage de Pompéi, mais un instant suffit à Grazia, même de là, sur le seuil de la résidence, pour savoir avec certitude que c'était lui.

L'Iguane.

II

RAY COOPER

Amor
Everybody
Dies around me
I can cry with
Dignity.

Amor
Tout le monde
Meurt autour de moi
Je peux pleurer avec
Dignité.

Melancholia, "Léon"

Adducter les omoplates, comme dit le Viking, les serrer comme si on voulait y tenir coincée une noix, si vous n'adductez pas, vous perdez des kilos par rapport à ceux que vous pouvez soulever. Agripper la barre avec la prise large que vous sentez la plus naturelle, la mienne va un peu au-delà de l'ampleur de mes épaules, les coudes légèrement rentrés. Garder haut la poitrine, stable, si vous vous baissez, vous perdez des kilos. Planter les pieds dans le sol, immobiles, si vous les bougez durant la levée, vous perdez des kilos. Si vous ne retenez pas votre respiration, vous perdez des kilos.

Je n'ai rien à soulever. Je suis assis sur le canapé, épaules appuyées sur le dossier comme si c'était celui d'un banc incliné, je serre l'air de mes mains et contracte les muscles à vide. Ce n'est pas pareil.

– Qu'est-ce que tu fais, Simò ?

– Rien.

La maison où nous avons été transférés n'est pas très loin de la précédente. Une petite demi-heure de virages, à la vitesse maximale pour une route de montagne. Le gravier qui crissait sous les roues des voitures quand nous nous sommes arrêtés, et puis sous mes chaussures. L'odeur d'un buisson de lavande que j'ai touché du doigt, à côté d'une porte, en entrant. Moisi et renfermé. Quinze marches, raides et lisses, le crépi farineux sous la paume de la main que je fais glisser sur le mur pour garder l'équilibre. Puis, les ressorts écrasés d'un canapé au revêtement d'étoffe grossière sur lequel je suis resté tout le temps immobile, jusqu'à ce que Grazia revienne avec le Chef et la *Dottoressa*. Ils ont longuement discuté dans une pièce en dessous. Avant qu'ils n'arrivent, j'avais entendu les petites pleurer, dans une autre partie de la maison, et la policière qui disait que si elle voulait d'autres enfants, il n'y avait pas besoin d'être dans la police, son mari suffisait.

– Quand est-ce que je peux rentrer chez moi ?

– Quand tout sera fini, Simò.

– L'Iguane est mort, non ? Et alors ?

– Et alors, maintenant c'est pire. Parce que avant, au moins, un visage à chercher, avec nom et prénom, on l'avait, mais maintenant…

– Oui, mais l'Iguane est mort. En quoi je suis concerné, moi ? Pourquoi je ne peux pas retourner chez moi ?

Je la sens s'asseoir à côté de moi. Avant même le mouvement du canapé sous son poids, je perçois sa chaleur humide. Je pourrais dire comment elle est vêtue rien qu'aux odeurs et au froissement de ce qu'elle porte, jean, t-shirt, blouson, même le pistolet, avec son odeur d'huile froide. Elle me met la main sur l'épaule et moi je me recroqueville à l'intérieur.

– Il y a quelqu'un, nous ne savons pas qui, quelle tête il a, rien, qui est allé chez l'Iguane il y a quelques jours. Il l'a tué en l'étouffant, d'après le médecin légiste, du moins à première vue, peut-être lui aussi avec un sac en plastique. Pourquoi ?

Elle ne me le demande pas vraiment. À son ton absorbé, je comprends qu'elle se parle à elle-même. Ça m'a toujours mis mal à l'aise.

– Pourquoi ? On ne sait pas. Un copycat, dit Cescòn, même si ce ne serait pas vraiment le bon terme, un admirateur, du genre *stalkers*, ces harceleurs qui finissent par détruire leurs idoles. Je ne sais pas d'où elle sort ça mais elle a l'air convaincue. Carlisi dit que ça pourrait aussi être le parent d'une victime de l'Iguane, mais je ne sais pas… ça pourrait être n'importe quoi.

Elle retire ses chaussures en les poussant de la pointe du talon, je les entends frotter et tomber au sol. Elle remonte un peu sur le canapé et s'agrippe à mon épaule de l'autre main.

– En tout cas, il tue les autres locataires de la résidence qui l'encombrent et épargne Martina parce qu'il ne la voit pas, ou ne la trouve pas. Et puis il vient te chercher, toi. Pourquoi ?

Même si elle me l'avait vraiment demandé, je n'aurais pas su quoi répondre. Mais elle réfléchit. Son visage est très près de moi, à côté de mon oreille, et je sens le désastre qu'elle est en train de faire dans sa joue.

– Ce n'est pas tout. Il va chercher le docteur qui traitait l'Iguane et l'assassine lui aussi. Pourquoi ? Ça aurait du sens dans une logique de vengeance, l'Iguane tue ceux qu'il considère comme responsables de sa situation et se fait aider par un autre, mais si en fait c'est cet Autre-là qui zigouille tout le monde en commençant justement par l'Iguane, quel sens ça a, d'assassiner Persichetti ?

– Mais à moi, il ne m'a rien fait. Je peux m'en aller.

– Simò, tu es le premier qu'il est venu chercher. Peut-être qu'il n'a fait que reporter le boulot parce qu'il a été dérangé, putain, qu'est-ce que j'en sais ? Tu dois rester caché, moi aussi avec les petites, j'ai même fait rétablir la surveillance de Martina. Mets-toi un peu en vacances de tous ces exercices que tu fais, c'est possible ?

C'est possible. C'est nécessaire. Ça s'appelle *décharger*. Mais ce n'est pas ça la question.

– Je dois te dire autre chose, Simò. Cet endroit est plus petit que l'autre. C'est-à-dire, il est plus grand mais il y a deux ou trois pièces fermées, c'est une vieille maison de campagne perdue dans le trou du cul du monde…

– Moi, je dors là, je coupe, parce que j'ai compris où elle veut en venir.

– Non, Simò, c'est plein de poussière et de toiles d'araignée, demain matin on en nettoiera une, mais pour cette nuit…

"*Bologne 5.*"

Ce n'est pas le moment. Je prends le téléphone et cherche le bouton pour couper le son. Ce n'est pas le moment.

– Il faut qu'on garde une pièce pour ceux qui font le tour de garde, il reste la nôtre, je sais que les petites font chier mais je les garde dans le couffin et si elles pleurent...

Pourquoi est-ce qu'elle ne comprend pas ? Ce n'est pas la question. Ce n'est pas ça.

– Je dors ici sur le canapé.

– Sur ce pucier, là ? C'est tes oignons, Simò, si tu préfères la couchette du chien plutôt qu'un vrai lit...

"*Message de Robi.*"

La voix du portable arrive étouffée par les coussins sous lesquels je l'ai glissé. Je dois avoir appuyé dessus en bougeant.

"*Appelle-moi quand tu peux.*"

– Mais il veut quoi, ton ami ?

– Il veut parler avec la police d'un truc qui lui est arrivé.

– Qu'il aille au commissariat de quartier le plus proche.

– Il cherche quelqu'un qui le prenne au sérieux. Il a une histoire un peu tordue.

– Et ça serait quoi, cette histoire ?

– Il a chargé un type qui lui a fait peur.

Grazia dit *ah bon* et je l'entends qui se lève. Elle fait quelques pas pendant que j'ajoute que le type s'est fait conduire à Imola, du côté de la Rocca, dimanche soir.

Grazia s'immobilise.

– Qu'est-ce que t'as dit ?

– J'ai dit que le type s'est fait conduire jusqu'à Imola et retour. Du côté de la Rocca. Dimanche soir.

Et puis j'ajoute : *il dit que c'était un type bizarre.*

L'amour n'est pas éternel. Je le sais.

Quand j'ai vu Andrea la première fois, j'ai connu un instant d'amour absolu.

Je pensais qu'ils m'avaient offert une paire de chaussures neuves, mais la boîte était usagée, avec des trous dans le couvercle, et quand mon père l'a soulevé et qu'Andrea a senti l'air et la lumière et qu'il a levé son nez de souris et a aspiré l'air entre ses dents de souris, avec ses oreilles rondes, ses pattes pointues qui raclaient le carton, boule de coton blanc avec une queue de souris, mon cœur un instant s'est arrêté. Un moment de bonheur absolu.

Un instant.

L'amour n'est pas éternel, je le sais. Il y a des instants qui durent davantage, des jours, des mois, des années, toute la vie même, mais tôt ou tard ils finissent.

Je l'ai aimé, Andrea, quand je le caressais de la pointe du doigt à travers les barreaux de la cage, quand j'y glissais la main et qu'il me chatouillait la paume avec ses petites griffes de souris, quand il est sorti par la petite porte ouverte, la première fois, et qu'au lieu de s'enfuir, il est monté sur une chaussure et est resté là à me regarder, la tête levée, ses petites pattes pliées sur la poitrine, assis sur son cul de souris.

Il me reconnaissait de loin, dès que j'entrais dans la pièce. Si je ne le laissais pas libre dans la maison, c'est uniquement parce qu'il faisait peur à ma mère. On avait ce jeu, *Andrea, ici!*, et lui de monter sur ma cheville, agrippé à la chaussette, dans la jambe du jean et hors du t-shirt, sur l'épaule.

Je l'aimais. Je l'ai aimé. Puis je l'ai tué.

Parce que je sais que l'amour n'est pas éternel. Et il ne se répète pas de la même manière. J'ai tellement pleuré qu'ils m'ont offert une autre petite souris, blanche comme lui, toute pareille, mais ce n'était pas Andrea, je ne l'aimais pas pareil, je ne l'aimais pas et, au bout d'une journée, je l'ai jetée dans les toilettes et j'ai tiré la chasse, sans même rester à contempler le tourbillon qui l'emportait.

Alessio aussi, je l'ai aimé d'une manière absolue.

Dans cette cour, les mains serrées sur les barreaux de la grille, quand il a relevé la tête pour renifler l'air de son nez de souris, l'avaler entre ses dents de souris, il a levé son regard sur moi et je sais que le regard est passé à travers ses yeux fermés. J'étais sur le trottoir de l'autre côté de la rue, mais je sais qu'il me voyait, derrière ses paupières fermées par la cicatrice qui lui zébrait le visage, il me voyait, parce que, moi, je l'ai regardé et il m'a souri.

Ça a duré un instant. Un instant d'amour absolu.

Quand j'ai compris que je ne l'aimais plus, je l'ai tué.

Je l’ai étouffé avec un coussin et je l’ai tué.

– Oh, on dirait vraiment Ray Cooper, s'exclama Carlisi, putain... pareil !

Grazia ne savait pas qui était Ray Cooper, il lui avait fallu aller sur Google, elle avait aussi regardé deux ou trois vidéos du concert d'Elton John à Moscou indiqué par le chauffeur de taxi, "Saturday Night's Alright (For Fighting)" et "Better Off Dead", et en effet cet homme au sourire diabolique qui tapait sur les percussions en lançant des coups d'œil depuis la scène ressemblait beaucoup au grand type dégarni filmé par les caméras de surveillance de la place, et pas seulement celles de la station Nettuno. Dans cette zone du centre de Bologne, il n'y avait pas un mètre carré qui ne soit couvert et Ray Cooper, celui de Bologne 5, était clairement visible sur au moins une douzaine d'images différentes isolées par Granelli, l'expert informatique de la Criminelle, et partagées par Zoom pour cet appel. Il y avait aussi les enregistrements du portable de Roberto, mais ils étaient flous et un peu lointains.

– Pareil, oh, vraiment pareil.

Il y avait deux problèmes. Leur Ray Cooper, comme Carlisi avait commencé à l'appeler dès le début, portait un masque même à l'air libre, un FFP2 noir qui lui mangeait plus de la moitié du visage. Et des images de caméras, s'il y en avait certainement beaucoup d'autres, eux, ils n'avaient eu la disponibilité immédiate que de celles de la place. Pour ce qu'ils en savaient, après avoir quitté la station, Ray Cooper entrait dans la via degli Orefici et quelques pas plus loin disparaissait.

– S'il avait appelé le taxi par téléphone, il aurait donné l'adresse où se faire prendre, mais comme ça... mais s'il y est arrivé à pied, à Nettuno, on peut supposer qu'il n'est pas très loin, toujours dans le centre, en tout cas.

Carlisi était réapparu à la place des images de Ray Cooper, on le voyait à son poste de travail dans son bureau avec à côté de lui une épaule et les mains de Granelli qui géraient son clavier, parce que le questeur adjoint était nul pour tout ce qui touchait à l'électronique. Dans une autre fenêtre, au-dessus, Anna Maria était assise dans le jardin du B&B, en survêtement, une tasse devant elle. À côté, sur la partie droite de l'écran, il y avait un carré noir avec en dessous le nom d'un inspecteur, Cantarini, *insp. Cantarini*, caméra et microphone désactivés, barrés d'un trait rouge.

Grazia avait tout ce monde sur le ventre. Le seul endroit où la connexion était à peu près convenable, c'était dans la pièce qu'elle avait utilisée pour dormir. Installée sur le lit, l'oreiller plié derrière la nuque, elle tenait l'ordinateur portable sur son abdomen, sans s'inquiéter que la chaleur de la batterie puisse créer des problèmes à la cicatrice de la césarienne, qu'elle avait commencé à oublier de plus en plus souvent. De temps à autre, de la pointe du pied, elle berçait le couffin dans lequel les petites dormaient. Le lit était trop petit pour y tenir avec elles et elle n'osait pas laisser le berceau par terre parce que Ersilia avait remarqué des crottes de souris, quelque part dans la maison, et même si la chambre avait été nettoyée, Grazia n'arrivait pas à s'ôter de la tête l'image d'un rat d'égout au dos voûté se hissant dans le couffin des jumelles. Alors elles avaient pris un portemanteau, trouvé une corde et y avaient attaché le berceau, qui maintenant pendait au bord du lit. Grazia avait été contente que Simone décide de dormir sur le canapé parce que vraiment, à deux, ils n'auraient pas tenu sur le lit.

– Je suis en train de dresser un profil criminel de notre assassin, annonça Anna Maria, je commence à avoir assez d'éléments pour en élaborer un.

– Voilà, bravo, face et profil, acquiesça Carlisi avec un sourire qui fit serrer les lèvres à la *dottoressa*. Nous, pendant ce temps, on procède à l'ancienne, en attendant les caméras du centre j'ai envoyé quelques gars faire du porte-à-porte, avec la photo qu'on a. En cercles concentriques, à partir de la station.

– Pourquoi on ne publierait pas son portrait ?

Grazia parlait doucement, pour ne pas réveiller les petites, mais elle dut répéter plus fort parce qu'elle était connectée par l'intermédiaire du téléphone et de temps en temps sa voix crépitait, métallique. Elle posa les doigts d'un pied sur le tressage de plastique du couffin et le balança un peu, par sécurité.

– Pourquoi on ne publierait pas son portrait ?

– Parce que c'est prématuré, rétorqua Carlisi, pour l'instant nous n'avons qu'un type bizarre qui s'est fait conduire à Imola. Par un autre type lui aussi un peu bizarre, notre ami chauffeur de taxi. Ça pourrait être une coïncidence, même si nous savons que ce n'est pas le cas. Et puis, pour l'instant c'est une histoire complètement du ressort d'Imola et Iaccarone veut y aller mollo avant de déchaîner une panique de serial killer à Bologne.

– Ce serait prématuré aussi de le définir ainsi… commença Anna Maria, mais Grazia était pressée de dire quelque chose et elle parla plus haut, couvrant sa voix et la laissant un moment bouger les lèvres sans émettre de son.

– Martina. Si elle l'avait vu à la résidence, ce serait une confirmation.

– Je sais. Et, de fait, il y a Cantarini avec elle qui attend d'être connecté.

Carlisi leva un doigt, indiquant le point sur son ordinateur où aurait dû se trouver la fenêtre noire de l'insp. Cantarini.

– Je voulais réfléchir à deux ou trois trucs avant, continua le questeur adjoint. La protection rapprochée. Le taxi a refusé une escorte et on a fait semblant d'accepter. Je lui ai mis une surveillance fixe devant chez lui et il y a deux voitures qui suivent le taxi, tout ça en cachette. Si Ray Cooper essaie de l'approcher comme il a déjà tenté de le faire, on le chope.

– Un appât, énonça Anna Maria et, à sa façon de le dire, on comprenait que ce n'était pas une critique mais une approbation.

– Pour la petite infirmière, c'est un peu plus compliqué. Les investigations, les filatures derrière le taxi, qui par définition passe son temps à tourner en ville… on commence à manquer de ressources. Dès que j'aurai réussi à convaincre le magistrat de nous confier l'enquête, rien qu'à nous, avec nous à la tête – et il pressa un doigt sur sa poitrine –, on lancera une opération à grande échelle, mais pour l'instant…

– Et donc ? demanda Grazia.

– À quel point elle est en danger, la gamine ? Quel genre de protection on lui met ?

Anna Maria avait la main levée, immobile, trop et depuis trop de temps. Elle aussi se connectait avec son téléphone, qui captait même moins que celui de Grazia, aussi quitta-t-elle le chat pour y revenir le plus vite possible, parce qu'elle voulait parler et elle se jeta dans la conversation en coupant la parole à tous les autres.

– S'il s'agit d'une sorte de harceleur – la définition n'est pas exacte, mais pour l'instant je n'en ai pas d'autre de toute façon –, dans ce cas il aurait anéanti l'objet du désir refusé et maintenant il serait probablement déjà à la recherche d'autre chose. Pareil s'il s'agissait du parent d'une des victimes ou de quelqu'un qui appartient au passé de Crotti, comme pense le *dottore*. Mais alors nous devrions nous demander pourquoi il a tué le Dr Persichetti auquel, s'il était encore parmi nous, nous devrions des excuses vu qu'il n'a pas été si insensé qu'on l'a dit de transférer l'Iguane dans une structure ouverte, du moment que ce n'est pas lui qui a commis...

– Solidarité de psys, grogna Carlisi, d'une voix qui allait et venait. Limitez-vous à vos profils, *dottoressa*, nous ça ne nous intéresse pas de le comprendre, Ray Cooper, ce qui nous intéresse, c'est de le choper.

C'était une chose que Grazia avait dite autrefois, à propos d'une autre affaire. Mais balancé comme ça, ça avait surtout l'air d'une connerie.

– Et donc ? demanda-t-elle.

– Et donc, si la personne que nous cherchons est encore dans son univers, qui est toujours d'une certaine manière celui de l'Iguane, l'inspectrice Negro et M. Martini sont certainement en danger et aussi Bologne 5, qui reste de toute manière un témoin. Pour ce qui concerne la fille, ça dépend de si elle l'a vu ou pas.

– Et donc ? répéta Grazia plus fort.

– Je crois que le *dottore* veut savoir si ça vaut la peine de déployer des moyens comme pour le chauffeur de taxi ou bien si c'est du gaspillage, reprit Anna Maria. Si elle peut devenir un autre appât, en somme, conclut-elle, et cette fois encore ce n'était pas une critique.

Une des petites s'était réveillée. Grazia fit balancer le berceau mais ça ne servit à rien. Elle s'assit sur le lit, l'ordinateur sur les genoux, et fouilla dans le couffin. Puis elle dit *excusez-moi*, sortit la fillette et la tint dans les bras, ajustant l'écran pour revenir dans le cadre. Elle pensait à une protection adéquate pour Marta parce que, dans la confusion, elle n'avait pas saisi la nuance sur l'appât.

– On ne peut pas impliquer les carabiniers ? demanda-t-elle.

– T'as perdu la boule, ou quoi ? se récria Carlisi. Jamais de la vie.

– Et si on l'amenait ici, elle aussi ?

– Hors de question !

Ersilia était restée appuyée au chambranle de la porte, à suivre la conversation. Elle se pencha vers le lit pour apparaître dans le cadre.

– Hors de question. J'ai déjà assez à faire avec deux individus sous protection, parce que ce n'est pas vrai que, comme ça, on économiserait les tours de garde, on ne fait qu'embrouiller les choses. Un troisième individu est exclu. Et si je peux vous donner un conseil moi aussi, débranchez le micro quand vous ne parlez pas. J'ai eu trois gamins en distanciel et je vous assure que je m'y entends un peu.

– C'est bon, dit Carlisi, allons droit au but et demandons-lui directement si elle est ou pas une témoin. Allez, Granelli, mets-moi Cantarini dans la boucle.

– Je suis là, dit l'insp. depuis sa fenêtre noire.

– Comment ça, vous avez toujours été en ligne ?

Granelli n'était pas visible, mais on comprenait au mouvement des mains ouvertes qu'il voulait dire *mais oui, bien sûr*, et un instant plus tard Cantarini ôta aussi le trait barrant la caméra et il apparut à l'image. À côté de lui, avec son masque vert, les oreilles élargies par l'élastique et les yeux écarquillés, se trouvait Marta. Elle semblait plus angoissée qu'effrayée par ce qu'elle avait entendu sur elle, protection, pas de protection, appât.

– Pourquoi est-ce que je ne peux pas venir là avec vous ? demanda-t-elle en fixant Grazia sur l'écran de l'ordinateur que Cantarini avait mis sur la table de son bureau, à la questure. Elle se frottait la tête et se frappa même de la main la tempe gauche à deux reprises, à toute vitesse, en le disant.

– Parce que c'est tout un bordel, Marta, on verra plus tard, mais pour l'instant ce n'est pas possible.

– Pourquoi pas ?

– On verra après, Marta, on verra. Mais là, il faut que je te demande quelque chose.

La petite se mit à pleurnicher entre les bras de Grazia. Marta s'approcha de la caméra de l'ordinateur, ses yeux et ses oreilles grandissant démesurément dans le cadre. Elle entonna son chant, *oku o tsuretette*, mais Grazia l'arrêta.

– Non, non, Martina, merci, mais pas besoin… tu m'écoutes ? Je veux que tu regardes pour moi une photographie. Tu peux la voir, oui ?

Granelli allait poser le doigt sur le clavier de Carlisi mais Cantarini montra son portable, sur l'écran duquel apparaissaient les images des caméras de surveillance de la place.

– Voilà, alors regarde les photos et dis-moi si tu l'as déjà vu, cet homme-là. Je veux savoir s'il est déjà venu à la résidence.

Marta hocha la tête. Puis elle prit le téléphone de l'inspecteur et fit courir les images de la pointe du doigt. Grazia retint son souffle mais on comprenait, à son regard, ce que Marta était sur le point de dire.

– Oui. Oui, je l'ai vu.

Plusieurs fois.

Sur le trottoir de la résidence, il allait et venait. Immobile au bout de la rue, appuyé à un muret, comme s'il attendait. Elle l'avait oublié, elle n'y avait jamais fait attention, mais maintenant, en voyant les photographies…

Plusieurs fois. De nombreuses fois.

Une, surtout.

Marta était en train de se garer un peu plus loin et cette fois il était précisément là, devant le portail de la courette. Il parlait avec Alessio.

Il parlait avec l'Iguane.

Quand elle était descendue de voiture, il était parti.

Carlisi abattit son poing sur le bureau, faisant sursauter Granelli.

– Coincé ! Messieurs, c'est officiel ! Notre homme est Ray Cooper !

Marta chercha du regard sur l'écran la fenêtre de Grazia et agrippa l'ordinateur à deux mains, comme si elle avait peur que l'inspecteur le lui enlève.

– Je peux, maintenant ? demanda-t-elle, puis elle approcha son visage de la caméra, les vagues vertes du masque remplissant le cadre, et entonna son chant.

J'ai rêvé de ce bruit.

Ce que j'ai entendu chez moi quand je croyais que l'Iguane était à côté de moi.

J'ai rêvé de son souvenir.

Je me suis réveillé ce matin avec son écho dans la tête, qui a continué à me résonner aux oreilles, obsessionnel et distordu, lointain, perdu mais présent, comme ces chansons que vous entendez une fois par hasard et qui restent là, à bourdonner, à tourner, fastidieuses et incomplètes, et ne veulent pas s'en aller. C'est parce que notre cerveau est ainsi fait que, quand il trébuche sur un son qui ne colle pas, une note ou un mot qui manque, au lieu de continuer, il se réinitialise et revient en arrière. Et recommence.

C'est ce qui est en train de m'arriver à moi aussi. Ce son, ce bruit, quoi que ce soit, arrive jusqu'au seuil de ma conscience et s'arrête là, un instant avant d'entrer. Il vibre au bord de ma mémoire et me rend dingue.

Je crois que ce sont tous ces discours que j'ai entendus sur Ray Cooper qui m'ont fait rêver de lui. Je ne sais pas si c'était bien lui qui se trouvait près de moi et qui m'a fait peur, mais je suis sûr que dans la salle de gym, ce soir-là, il y avait quelqu'un. Mais le bruit qu'il a fait, ce bruit-là, je n'arrive pas à me le rappeler.

Je me suis réveillé tôt ce matin, je l'ai compris au silence et à l'air frais qui venait de la fenêtre ouverte et qui, durant le jour, se réchauffe vite. J'ai quitté ma niche au milieu du canapé défoncé et, en traînant les pieds sur le sol, j'ai tâté l'espace, mains en avant, essayant de me rappeler les mouvements de la veille. J'ai trouvé la porte, l'escalier, et je suis sorti.

Le seuil franchi, je me suis figé tout de suite, enivré par l'air du dehors. J'ai tendu le bras sur le côté, vers le massif de lavande dont je sentais le parfum et, quand je l'ai eu entre les doigts, rugueux et poussiéreux, il m'a donné un point ferme à partir duquel je me suis retrouvé.

Il y a deux marches devant la porte. L'autre jour, quand nous sommes arrivés, j'ai un peu trébuché dessus. Je plie les genoux, dos droit comme si je faisais une série de squats, mais c'est seulement pour ne pas me cogner quelque part, et je descends jusqu'à ce que mes mains rencontrent la pierre. Je m'assieds.

J'espérais que changer de situation pourrait m'aider à retrouver mon rêve.

Ça faisait si longtemps que ça ne m'arrivait plus. Rêver. Il y avait un silence absolu dans la cage de mes muscles qui, après l'entraînement, pesaient sur moi avec la densité d'un trou noir et rien ne sortait de là, sinon un sommeil de plomb, sans pensées et sans souvenirs.

La peau ne rêve pas. Du moins, pas la mienne.

Autrefois, en revanche, je rêvais souvent. À ma manière. Les gens qui voient racontent leurs rêves comme des films parce que c'est ainsi que le cerveau transcode les sensations de l'inconscient de manière à ce qu'on puisse les comprendre. Moi, je m'arrête avant les images. Les odeurs, les formes, les saveurs, le chaud et le froid, mais surtout les bruits, qui ensuite restent précis dans ma mémoire et veulent dire tant de choses.

J'ai rêvé de Grazia de nombreuses fois, quand nous étions ensemble et même après, et plus que la consistance de son corps qui me remplissait les mains, plus que son odeur, que le goût persistant sur mes lèvres, je me rappelais sa voix. Pas des paroles, empâtées et indistinctes comme quand on murmure en rêve, seulement en rêve.

J'ai rêvé aussi d'elle, cette nuit, mais je ne veux pas m'en souvenir.

Je me lève, et le crissement du gravier sous mes pieds provoque un autre mouvement. Je n'ai pas le temps d'avoir peur.

– Tout va bien, monsieur Martini ? Je suis un agent de la protection, je suis dans la voiture, ici dans la cour…

Je fais un geste de la main, hoche la tête et me retourne, trébuchant dans le jardin. J'ai besoin d'un point de repère, alors je tends le bras et cherche le buisson de lavande.

Et quand je sens ses petites fleurs dures qui s'égrènent sous mes doigts, voilà qu'il me revient, ce souvenir du bruit que j'ai rêvé. Je l'avais oublié pendant un moment. Mais il ne revient pas seul, il amène avec lui une sensation, poussière qui gratte dans un souffle d'air, comme une haleine du vent, sur mon visage.

Juste ça.

Poussière, air et rien d'autre.

Je rentre, avec ce bruit maudit, avec le souvenir de cette saleté de bruit qui vibre au fond de mes oreilles, quelque part là en bas, au-delà du bord de la mémoire.

Anna Maria appuie la plante de son pied nu sur sa cheville, puis sur le genou et encore plus loin vers l'intérieur de la cuisse, jusque-là où elle arrive avec le talon. Elle positionne bien l'autre pied sur l'herbe, pour consolider l'équilibre, et étend les bras au-dessus de sa tête, en poussant doucement de la paume des mains, l'une contre l'autre.

Vrikshasana, la position de l'arbre. La première d'une séquence dédiée à la concentration, parce que c'est ainsi que fait Anna Maria quand elle doit penser à quelque chose de particulièrement important et délicat. Et pas seulement pour se mettre dans de bonnes dispositions mentales et spirituelles, le yoga parvient vraiment à lui faire venir sur le moment les idées, à focaliser immédiatement sur ses objectifs, à se concentrer, précisément, seulement sur ceux-ci.

Ça marche, avec elle, et en effet dès qu'elle a le regard cloué sur un point au-delà de l'horizon de la pelouse verte du B&B, pendant qu'elle change de jambe et lève l'autre pied, elle réussit à visualiser aussi le schéma de Mullen, droit devant elle, comme si on le lui avait projeté sur un tableau lumineux.

Parce que ce n'est pas un véritable profil psychologique, ce qu'elle est en train de construire sur Ray Cooper, comme elle l'appelle elle aussi désormais. Elle travaille surtout sur une hypothèse, à savoir celle du harceleur. Et sans se demander d'où elle lui est venue et pourquoi elle s'est concentrée justement sur celle-là. C'est ainsi qu'elle est arrivée où elle est maintenant, dans l'UACV, en se fiant à ses intuitions. Parce qu'elle paraît tellement logique et rationnelle, la *dottoressa* Cescòn, si prudente sur le plan académique et procédural, mais elle ne l'est pas.

Elle paraît tant de choses qu'elle n'est pas.

Elle paraît très forte alors qu'elle est seulement tonique. Tellement décidée, coupante et ironique, et en fait une fois terminé le Zoom sur Ray Cooper, où elle n'a pratiquement pas réussi à parler, elle a pleuré. Comme elle a pleuré quand ce connard lui a mis dans les bras la petite de l'inspectrice ; plus tard, naturellement, quand elle est restée seule. Et pas parce qu'elle n'a pas de mari ou de compagnon, c'est elle qui l'a choisi, de ne pas en avoir, presque toujours, et les fois où elle ne l'a pas choisi, c'est parce qu'elle a préféré rester fidèle à son caractère, qui est peut-être difficile, et même un sale caractère, mais c'est le sien. Et elle en a rien à cirer de faire des enfants, elle les aime beaucoup, oui, mais ceux des autres, elle est la première à prendre dans ses bras les enfants de ses amies, du moment qu'elle les leur rend vite.

Mais quand on l'attaque, quand on la raille, quand on se moque d'elle, après, elle pleure. Parce qu'elle paraît forte mais elle ne l'est pas.

Elle pose le pied sur l'herbe, qui paraît encore plus fraîche sous la plante réchauffée par la peau de la cuisse contre laquelle elle était appuyée, malgré le tissu élastique du legging. La pelouse est si souple et lisse, si compacte, qu'elle s'est passée du tapis, encore enroulé sous le portique du B&B.

Elle plie les bras à angle droit devant son visage et les entrecroise en s'agrippant un pouce de l'autre main. Elle enroule une jambe autour de l'autre, le pied entourant la cheville, elle descend son bassin et baisse aussi les coudes, jusqu'à toucher les genoux, les doigts sous le menton, le pied libre solidement planté dans l'herbe, le corps refermé sur lui-même, en équilibre.

Garudasana, la position méditative de l'aigle. Ses yeux fixés sur ce point de l'horizon où les professeurs Mullen,

Pathé et Purcell ont dessiné leur schéma, simple et linéaire mais ramifié comme un arbre généalogique.

Un harceleur, donc. Elle y a pensé tout de suite, dès qu'elle a compris qu'il y avait un Autre, mais ce n'était encore qu'une intuition, puis sont arrivés des éléments à l'appui de l'hypothèse.

Une fréquentation assidue, dont a témoigné l'opératrice socio-sanitaire qui s'occupait de la résidence. Et la possibilité d'y entrer facilement, parce qu'elle aussi a vu le ruban jaune arraché à l'entrée, et elle ne pense pas que ce soit une coïncidence, elle ne croit pas aux coïncidences, la *dottoressa* Cescòn, elle croit aux intuitions, pas aux coïncidences, et du moment que la porte a été fermée par les carabiniers et ne présentait aucun signe d'effraction, alors Ray Cooper a utilisé une clé pour entrer, et il l'a fait le soir où il y est allé en taxi, on ne sait pas encore bien pour quoi faire.

Mais surtout il y a les souris. Anna Maria les a vues quand le capitaine des carabiniers d'Imola lui a fait faire un tour à elle aussi, dans le respect des accords passés avec le proc, et aussi parce qu'elle lui était certainement plus sympathique que le chef de la Criminelle. Elle non plus ne pense pas que ce soit l'œuvre de l'Iguane.

Toutes ces petites souris métalliques dans la boîte, si mignonnes et nombreuses, très nombreuses, ce sont des lettres d'amour. Ce sont les messages d'un harceleur. Est-ce déjà arrivé ? Y a-t-il eu d'autres cas dans lesquels les victimes de harcèlement ont reçu des petits animaux réalisés en fil de fer ? Contrôler les plaintes.

Mais elle va trop vite. Être intuitive ne signifie pas ne pas être systématique.

Virabhadrasana 3, la position du troisième guerrier.

Plantée sur la pelouse avec une jambe bien droite comme clouée dans l'herbe, le buste tourné en avant sur la hanche, formant une ligne qui, du dos, arrive jusqu'au talon tendu en arrière, Anna Maria semble une statue galbée et sculptée dans l'étoffe tendue du body et du legging. Chez elle, elle aurait été nue. Ici, ce n'est pas possible et, de fait, à la fenêtre du B&B Les Lunes, il y a quelqu'un qui la regarde, mais elle n'y prête pas attention.

Stalkers and their victims. Mullen *et al.* Le schéma de l'étude part d'une question sur l'objectif des comportements concernés. Primaire ou secondaire ?

Primaire. Anna Maria l'a devant les yeux et son regard descend la ligne verticale tandis qu'elle croise les bras dans son dos, mains jointes et index tendus. Primaire. Ray Cooper voulait l'Iguane.

L'arbre se ramifie, Anna Maria écarte la branche des ex, *oui ou non*, choisit le non, poursuit sur la ligne relative au fait que le harceleur et la victime se connaissaient et ici les choses se compliquent.

Familier/ami.

Relation professionnelle.

Contact de travail.

Contact de hasard.

Comment se sont-ils connus, Ray Cooper et l'Iguane ?

Ardha Chandrasana, la demi-lune. *Natarajasana*, la position du dieu Shiva qui danse.

Anna Maria s'arrête. La séquence n'est pas terminée et il y aurait encore beaucoup à faire mais maintenant ceux de la chambre du B&B ont ouvert la fenêtre, ce sont deux gamins, et ils la regardent avec trop d'insistance.

Mais surtout, il lui est venu une autre intuition. Qui en fait est la même que celle qu'elle a eue au début, simplement plus précise. Ray Cooper pourrait être un passionné de faits divers, un lecteur, un journaliste, un écrivain ou encore un de ces maniaques du tourisme macabre, de la pornographie de l'horreur. Elle en connaît un paquet, de ces gens qui, à la seconde où ils apprennent son travail, se mettent à haleter *criminologue ?* et lui demandent qui est son serial killer préféré.

Voilà, si la lueur affamée qu'ils ont toujours dans les yeux les rend un peu borderline, Ray Cooper est à un autre niveau. Pathologique. Un psychopathe.

Il apprend que l'Iguane, le mythique Iguane, vit à Imola, dans une résidence à l'ombre de la Rocca, et ça, c'est le point sur lequel il faut travailler, comment a-t-il pu le savoir, il l'a rencontré par hasard, difficile, quels contacts pouvait-il avoir, peut-être Persichetti, vérifier ses liens d'amitié, les contacts de travail, en tout cas Ray Cooper le rencontre, le reconnaît, le harcèle et le tue.

Anna Maria prend le tapis de sol enroulé et le met sous son bras Elle n'essuie même pas la sueur qui court dans son cou. Les idées se bousculent dans sa tête et elle a besoin de les écrire pour les ordonner. Intuitive mais systématique.

Et d'abord, pense-t-elle, on peut commencer à parcourir les sites des maniaques du fait divers, *quel est ton serial killer préféré*, les profils sur Facebook et sur Instagram, confronter les photographies qui s'y trouvent avec celles de Ray Cooper.

Ray Cooper. La ressemblance avec le percussionniste n'est pas un hasard. C'est un fan. Parcourir ceux-là aussi, alors, tous les réseaux sociaux consacrés à Ray Cooper, le vrai.

Anna Maria sourit pendant qu'elle enfile ses savates en poussant fort ses orteils trapus, parce qu'elle a les pieds petits par rapport à sa grande taille. Et elle sourit tandis qu'elle marche sous le portique de la vieille villa rénovée pour rejoindre sa chambre.

Elle ne dira rien de tout cela au questeur adjoint Carlisi. Elle aussi a les ressources et le personnel adéquat pour mener ses enquêtes de manière autonome. Le dernier qu'elle s'est procuré, c'est l'assistant Giuseppe Granelli, et il sera le premier qu'elle mettra au travail.

Et tant pis pour ce clopeur obsédé du cul à chaussures bateau et chaussettes invisibles.

Je ne l'ai connu qu'une autre fois. Après Andrea et avant Alessio.

L'amour absolu.

C'était une fille rencontrée à un concert. Pas rencontrée, vue. Après je l'ai rencontrée, d'abord je l'ai vue. La queue pour les toilettes. Je sortais et elle entrait, en chancelant, elle allait tomber, j'ai tendu la main pour la rattraper mais elle s'était déjà appuyée au mur, elle s'est redressée d'une poussée et elle est entrée.

J'ai attendu, le cœur battant.

Tu fais la queue? Non, non.

Quand elle est sortie, son visage brillait de gouttes d'eau, ses cheveux étaient collés à son front et l'encolure de son t-shirt était toute trempée.

Elle ne m'a pas adressé de regard, mais elle souriait.

Je l'ai suivie sous la scène. Il y avait un groupe de personnes qui lui avait laissé un espace dans la foule, un trou, un garçon s'est écarté et elle y est entrée et elle était là avec eux. Moi non, je n'avais pas d'amis pour me garder une place, je devais pousser et me glisser entre les gens, mais je suis une souris, et me voilà à cet endroit moi aussi, quelques pas derrière.

J'étais juste sous un haut-parleur, une enceinte plus grande que moi, mais je n'entendais pas la musique. La seule chose dont je me souviens, c'est le roulement des percussions qui martelaient en moi, fort, plus fort que le cœur qui battait dans ma poitrine, quand elle s'est retournée et qu'elle m'a souri.

Elle me souriait à moi ? Elle souriait à la musique ? Elle avait un joint entre les doigts, elle lui souriait ?

Peu importe, parce que l'amour, quand il est absolu, se suffit à lui-même.

Je l'ai suivie. J'espérais qu'elle prendrait l'autobus, seule, comme je l'avais fait, mais en fait elle est montée en voiture avec ses amis.

Je l'ai suivie. D'abord à pied, en courant derrière la Fiat 500 freinée par la foule qui sortait du bâtiment, ralentie par le trafic, jusqu'au feu de l'avenue.

J'ai volé une moto.

Ils l'ont déposée via Remorsella. Elle riait, elle disait au revoir, envoyait des baisers avec la main, elle est tombée contre un mur, de nouveau, et d'une nouvelle poussée elle s'est glissée derrière un portail. Les autres sont restés à regarder, moteur allumé, vitre baissée, pendant tout ce temps.

Après, il était tard. J'ai entendu le bruit de la grande porte qui claquait, j'ai regardé par une fente entre les battants du portail, il y en a deux, des portes, dans la cour, une à droite et une à gauche, c'était celle de droite et maintenant, elle était fermée.

Dans l'obscurité et le silence de la nuit, j'ai escaladé le portail. Une barrière de fer à deux vantaux, sans appuis, ça n'a pas été facile. J'ai fait un saut et puis tout à la force des doigts, en courbant le dos par-dessus le bord de métal. Je suis une souris.

Il y avait un massif sur les côtés de l'esplanade et une rampe descendant aux garages. J'ai choisi le massif. Puis j'ai pensé que pour dormir ça allait, mais que dès qu'il ferait jour, si quelqu'un sortait, il me verrait. Alors, les garages. Un petit hall, délimité par les rideaux de fer baissés.

Derrière un pilier poussiéreux, sur une tache d'huile qui souillait l'asphalte du sol, j'ai examiné à la lumière de mon téléphone les noms de l'interphone.

Dott., *Ing.*, *Avv.*[*], *M.* et *Mme*. Beaucoup d'étrangers. Et puis *Paola*, *Claudio*, *Salvatore*, *Concetta*, sans nom de famille, écrits au stylo sur les étiquettes à côté des sonnettes. Sous-location, Airbnb, Booking, étudiants, professions libérales, aucune indication utile.

Mais, tôt ou tard, elle sortirait.

Tôt, par chance, un peu avant huit heures. Des livres sous le bras, un polo frais et un petit lainage noué à la taille.

Pâle, des cernes foncés et les lèvres crispées.

Très belle.

Au moment de se croiser, je lui ai souri, mais elle ne l'a pas remarqué.

Je l'aurais abordée si elle avait été seule, mais il y avait un homme avec elle qui pouvait être son père ou son grand frère, il lui ressemblait, mêmes yeux, mêmes cheveux, même arête du nez, lui, au contraire, il me regardait, plus sérieux, dur, il lui a passé un bras sur l'épaule et l'a emmenée.

J'ai fait semblant d'appuyer sur une sonnette, à la porte intérieure, celle de gauche.

Ensuite, les jours et les semaines qui suivirent, j'ai appris beaucoup sur elle. À l'épier de derrière les colonnes du portique, depuis la vitrine du bar d'en face, depuis la selle des motos et des bicyclettes (toutes volées), à travers Internet, où il y a tant de choses, presque tout.

Francesca, Franca, Checca. Dix-sept ans en novembre dernier, dix-sept ans et demi à présent. Lycée classique L. Galvani, en première, section A, premier étage, deuxième salle à gauche.

L'homme au regard dur : son père, un des Ing. de l'interphone. Son frère aîné : comme le père, juste un peu plus

---

* Avec *dott.* (*dottore* ou *dottoressa*) en abrégé, deux autres titres utilisés généreusement par les Italiens : *Ing.* : ingénieur ; *Avv.* : avocat (ou personne ayant fait des études de droit).

petit. Ils ont plusieurs fois découvert ma présence, m'ont lancé un regard de travers, m'ont crié dessus, le frère m'a couru après mais, à ce moment-là, j'avais la moto.

Pourquoi est-ce qu'ils ne comprenaient pas? Pourquoi tu n'as pas compris, toi, mon amour?

Je la voyais regarder autour d'elle quand elle sortait, jamais seule, jamais, les yeux qui fouillaient la rue, effrayée.

Pourquoi, mon amour?

Un jour, je lui ai laissé un message. Je voulais qu'elle comprenne.

Une petite souris.

J'ai mis tellement de temps, la première fois, à tourner le fil de fer avec ma pince à bout recourbé, la poignée de caoutchouc rouge qui me glissait entre les doigts, ma langue serrée entre les lèvres dans l'effort de concentration, trop allongé, trop écrasé, jusqu'à ce que je l'aie réussie bien ronde comme je voulais.

Il était clair, au pli sous le museau, qu'elle souriait.

La première souris, je la lui ai coincée dans la fente de la grande porte, et la deuxième aussi, parce que je pensais qu'elle était tombée et qu'elle ne l'avait pas vue. Les autres, je les lui ai mises devant la porte intérieure, et sur le dessus de l'interphone, et dans la boîte aux lettres du hall, et sur le paillasson devant la porte de son appartement. Je lui en ai envoyé par la poste. Un jour où l'école avait laissé une fenêtre ouverte (je suis une souris), je lui en ai laissé une sur son banc, le petit museau pointé vers la place vide, la petite queue entortillée comme un point d'interrogation.

Pourquoi tu ne comprends pas? Pourquoi?

Aime-moi, aime-moi, aime-moi.

Je t'en prie, aime-moi.

Une fois, en bas de chez elle, j'ai trouvé une voiture de carabiniers. Une autre fois, j'ai vu le frère qui la suivait à distance, en cachette, comme s'il voulait m'avoir. Elle n'est plus jamais, jamais sortie seule.

Mais moi, j'insistais, et je savais que j'y arriverais.

Puis, un jour, le père et le frère l'ont conduite à l'aéroport Marconi, elle a disparu au-delà des contrôles de sécurité et, depuis lors, je ne l'ai plus revue.

J'ai pleuré. J'ai beaucoup pleuré parce qu'il n'y avait plus rien, plus aucune prière, aucun message, rien de tout ce que je pensais pour t'approcher, pour te prendre, pour t'emmener et te faire comprendre, te le faire comprendre, enfin, que tu ne peux pas ne pas tomber amoureuse de moi.

Rien.

Mais cette fois, c'est différent.

J'ai vieilli, maintenant, et je sais comment je dois m'y prendre.

Je sais quoi faire.

J'ai eu une idée.

J'ai eu une idée.

Autrefois, quand j'écoutais encore les livres à travers la voix métallique de mon ordinateur, j'ai lu un roman qui commençait par un type qui faisait cent pompes. *La perfezione*, de Raul Montanari.

Cent. Les poings au sol, les pieds sur le bord du lit, le dos droit, monter et descendre, cent fois. Cent. Un monde, un voyage. Lent, continu. *La fatigue est un chien aveugle, si tu fonces, elle te mordra le dos*, et au-delà de la coïncidence de cette image de l'aveugle qui m'avait fait sourire, j'ai découvert qu'il avait raison.

Il disait : *Le secret, c'est de ne pas penser.*

Ne pas penser.

Enfoncé dans le divan, avec les genoux qui m'arrivent quasiment aux yeux et trop de choses en tête, il m'est venu à l'esprit le ton neutre de mon lecteur automatique d'alors, un des premiers, rigide, toujours pareil, jamais envahissant. Je m'étais habitué à lui conférer les émotions que j'éprouvais, et chaque fois il résonnait en moi d'une voix différente, mais maintenant j'ai besoin du contraire.

Cette monotonie.

Ne pas foncer.

Ne pas penser.

Je me plie en avant et appuie, moi aussi, les mains sur le sol, mais elles sont ouvertes, je n'ai pas de coussins à mettre sous les poings fermés, comme le type du bouquin, et je ne veux pas être contraint de m'arrêter à cause du mal aux articulations. La fatigue n'est pas la douleur. J'étends les bras et avance sur les paumes pour atteindre la bonne distance, jusqu'au moment où mes chevilles accrochent le bord du canapé, et je commence.

Je ne sais pas à quel moment, parce que j'ai perdu le compte des répétitions, mais descendre le visage vers le sol de la pièce me fait venir en tête un autre passage du livre, où l'auteur raconte que le type, en faisant descendre son corps, inspire la poussière du sol et moi aussi, pareil, et les grains qui entrent dans mon nez me ramènent au souvenir de ce bruit, cette sensation de poussière et d'air que je sentais sur mon visage, dans le rêve, et puis entre les doigts avec les fleurs de lavande, et cette méthode, une pompe après l'autre sans penser, sans foncer, vidé par la fatigue, ce n'est plus un souvenir, mais vraiment un bruit.

J'ai perdu le compte mais je continue, parce que si je m'arrête, je recommence à penser et je sais qu'alors le bruit redevient un souvenir et puis s'efface. Je le laisse courir dans ma conscience, je m'adapte au mouvement, je le suis, automatiquement, phase excentrique et phase concentrique, les triceps qui s'allongent, ralentissant la descente, et qui rétrécissent, poussant vers le haut, le pectoral qui s'élargit et qui se ferme, les abdominaux et les fesses qui se contractent, les cuisses, le dos et les épaules tendus pour maintenir la position sans se cambrer, sans sortir le ventre.

Ne pas penser.

Ne pas penser.

Avance sans foncer.

Ne pas penser.

Et le voilà qui revient. Ce n'est plus de l'air et de la poussière, maintenant, c'est un son. Net, précis et distinct. Je l'entends.

Mais je ne le connais pas.

C'est quelque chose qui gratte et qui bat, étouffé, caoutchouteux, non pas caoutchouteux, ça claque, ça frotte, et voilà que les autres sens reviennent, pour m'égarer, ça brûle, ça démange, ça mord, ça griffe.

Rien.

Je ne le connais pas.

Je ne le connais pas.

– Bon sang, Simò, mais combien tu vas en faire ?

La voix de Grazia efface tout, de toute manière c'était déjà parti. Mais maintenant que je l'ai effleuré, je sais qu'il reviendra, tôt ou tard, ce bruit qui n'est plus seulement un souvenir.

Je m'arrête. J'appuie le genou sur le sol et arque le dos pour détendre les muscles contractés. Grazia appuie sa main ouverte entre mes épaules, touche du bout du doigt.

– Regardez-moi, ça, Simò, comme c'est gros et dur.

Elle ne veut rien dire d'équivoque, on le sait tous les deux mais je ris quand même. Elle ne retire pas la main. Elle me gratte la nuque, entre les cheveux, comme à un chat. Je m'écarte, juste parce que j'ai peur d'être trempé de sueur, mais j'aimais ses doigts posés sur moi et puis je m'étonne d'en être plus excité que triste.

Je voudrais me lever, je cherche le rebord du divan d'une main qui tâte l'air, mais je rencontre Grazia. Je reste à respirer fort, à genoux, puis elle me prend le bras et, au lieu de m'aider à me relever, elle se baisse vers moi et m'embrasse.

Pourquoi faisait-elle ça ?

Pas pour le sexe, parce que ça ne lui déplaisait pas, bien sûr, mais ça n'avait jamais été très important pour elle. Pas pour les muscles. Pour décharger la tension, bloquée là-dedans, les petites, Ray Cooper, tous ces morts, Carlisi et Cescòn, la concentration de la chasse. Non.

Parce qu'elle le sentait si loin, enfermé dans un monde qui ne permettait plus de le rejoindre, perdu pour toujours, alors qu'elle voulait le garder au moins un peu, y être un peu elle, là-dedans, au moins un peu, de temps en temps, un peu. Par nostalgie ?

Elle se le demandait tandis qu'elle tenait les mains de Simone et les guidait sous son t-shirt, parce qu'il semblait avoir oublié comment elle était faite, et en fait il tremblait comme la première fois qu'ils avaient fait l'amour. Alors elle sourit tandis qu'elle le poussait en arrière, sur le canapé défoncé, et elle pensa que peut-être c'était juste pour ça qu'elle le faisait, par tendresse, et qu'elle n'aurait pas dû, avec la cicatrice encore fraîche, mais peu importait à Grazia, elle y ferait attention parce qu'elle aimait ça, elle en était heureuse, même si elle était impatiente que ça finisse, vite, le plus tôt possible.

Pris à la gorge par un désir qui me coupe le souffle, mains serrées sur la peau nue de ses hanches, je pousse doucement en elle, pour ne pas lui faire mal, attentif à sentir toute la chaleur qui m'enveloppe, me serre, court sur moi, douce et brûlante.

Je veux que ça finisse. Tout. Tout de suite.

Je veux que ça finisse au plus vite.

Bologne 5

Roberto tambourine du bout des doigts sur le volant tandis qu'il pense et *merde, tu paries que c'est mon tour?*

D'habitude il ne le fait pas, le service de jour, il préfère celui de nuit, quand la ville a plus de magie, et c'est peut-être un lieu commun mais c'est vrai. Les gens qu'on rencontre, l'obscurité venue, sont plus étranges, imprévisiblement étranges, plus dangereux aussi, d'accord, mais ils sont sûrement plus intrigants que ceux du jour, lesquels sont parfois eux aussi étranges et dangereux, mais d'une manière prévisible. Plus banals, mais aussi plus nerveux, plus cinglés, plus méchants. On pourrait dire que ceux de la nuit, ceux-là, ils sont étranges et dangereux, d'accord, mais de manière *plus tranquille.* Sachant qu'à Bologne, "tranquille", ça veut dire "comme il faut"... *va mò là*, tu vois, quoi.

Maintenant, il fait un 7h-19h, il n'est pas encore à la moitié du service et il en a déjà plein le cul. Garé via Farini, devant la galerie Cavour, comme demandé dans l'appel que lui a passé le standard, il se penche sur le siège du passager pour mieux regarder à travers la fenêtre ouverte, et ce faisant pense *et merde*, parce que, sous le portique, personne ne l'attend. La dame liftée avec un petit chien dans les bras m'a fait non de la tête, de même que le couple de touristes en train de faire des selfies avec la perche. Un instant, j'ai mis mes espoirs dans un minet très très blond, tempes rasées, veste étroite, sans chaussettes, parce qu'il regardait la rue, mais il attendait une minette comme lui et ils sont partis.

Ça fait deux jours qu'un connard s'amuse à se faire envoyer un taxi à l'autre bout de la ville et puis ne se pointe pas. Voyage à vide. Le central l'a signalé, ils font attention à avoir un numéro de portable mais ça s'est quand même produit trois ou quatre fois et maintenant, bordel, c'est lui qui l'a dans le cul.

À cet instant, la portière latérale du taxi glisse rapidement et se referme d'un coup. Quelqu'un s'est jeté sur le siège arrière et maintenant se tient baissé, accroupi sur le plancher, on ne le voit même pas dans le rétroviseur. Roberto veut se retourner mais il ne parvient qu'à esquisser le mouvement.

– Regarde devant toi !

Il ne l'a pas vu mais il l'a reconnu.

C'est Ray Cooper.

– Regarde devant toi !

Roberto se raidit, parcouru de frissons. Ray Cooper s'est haussé juste assez pour apparaître dans le rétro, il ôte son masque et le regarde. L'autre main, Robi ne réussit à la voir qu'en louchant à l'extrême, il la garde dans sa poche. Il devait être dissimulé derrière une colonne du portique. À moins qu'il ne soit sorti à l'angle de la place, caché par l'autobus qui a tourné.

– Vas-y. Doucement, tranquille. Il y a une voiture qui te suit. Regarde devant toi !

Derrière, il y a la circulation du centre de Bologne à l'heure de pointe, qui règne même dans la zone à trafic limité. Mais Roberto la voit, la petite utilitaire avec deux hommes à bord qui cherche à se dégager entre les voitures et qui a aussi coupé la ligne jaune de la voie réservée pour rester derrière eux. C'est depuis le lycée qu'il a appris, comme tous les Bolonais des années 70, à reconnaître les voitures de la Digos*.

– C'est moi qu'ils veulent, dit Ray Cooper. J'ai su qu'il y a des gens qui se trimbalent avec ma photo. Je

* Police politique, plus ou moins l'équivalent de nos anciens Renseignements généraux.

me doutais que tu leur aurais dit que je te cherchais et, dès que j'ai vu la voiture, j'en ai eu la confirmation. Ils te surveillent toi pour me choper moi.

– Pourquoi ?

– Parce que j'ai fait des choses qu'il ne faut pas.

Ray Cooper a une petite voix légèrement nasale. C'est une voix qui fait peur, surtout quand il parle lentement, comme dans la dernière phrase. Mais la question de Roberto portait sur autre chose, parce qu'il savait ce qu'il avait fait, ils n'étaient pas entrés dans les détails, à la questure, mais il l'avait compris quand même que Ray Cooper était dangereux, et maintenant il était même content que la police ne l'ait pas pris au sérieux quand il avait refusé la protection. Alors, il prend son courage à deux mains et demande à nouveau :

– Pourquoi tu me cherches ?

Ray Cooper tourne la tête sur le côté. Il ne fait pas nuit, il n'y a ni phares ni lampadaires et la lumière du jour aplatit tout de la même manière mais, pendant un instant, il détourne le regard et ses yeux deviennent blancs, tandis que ses lèvres s'étirent sur un sourire de requin.

Roberto se sent oppressé par une terreur absolue, qui le traverse, brûlante et glacée comme un accès de fièvre. Il planterait le taxi au milieu de la rue s'il n'y avait pas cette main qu'il voit serrée dans la poche du pantalon. Images très rapides, de couteau planté dans la gorge, d'un pistolet qui lui tire dans la tête, fractions de seconde qui durent juste le temps d'être chassées. Il a la barre antivol sous le siège. Une bombe au poivre dans la boîte à gants. Sa batte de base-ball, celle avec l'écusson des Red Sox, dans le coffre. Trop incommodes, trop loin.

– Tu sais comment j'ai fait pour te trouver ? demande Ray Cooper, et Roberto secoue la tête, cou raide.

– Non.

– J'ai été malin. Je ne pouvais plus me balader à droite et à gauche en posant des questions sur toi, alors j'ai appelé ta coopérative et je me suis fait envoyer les taxis dans des endroits bien choisis, où je pouvais me cacher de tes amis.

Roberto lève les yeux sur le rétroviseur, fouillant au-delà du visage de Ray Cooper. Bien qu'il essaie de conduire le plus lentement possible, la petite utilitaire est restée en arrière et un des deux hommes se tord le cou en cherchant à ne pas perdre du regard le taxi.

– J'ai pas été malin ?

– On est plus de six cents taxis, à la Co.Ta.Bo. Tu les as tous appelés ?

– Mais non, voyons. Je demandais un taxi à sept places, comme le tien. Ça a bien resserré le champ des recherches. En tout cas, oui, j'ai eu de la chance de te choper si vite.

– Et comment tu as su que je faisais le service de jour ?

– Tu l'as dit sur Twitter. Il y a tellement de trucs sur Internet, tu n'as pas idée. J'avais presque découvert où tu habitais, presque, mais ensuite j'ai pensé que ce n'était pas une bonne idée de me montrer près de chez toi.

Ray Cooper lève le pouce et le pointe à l'envers, en direction de la vitre arrière. Tel qu'il est, accroupi entre les sièges, ils ne peuvent pas le voir.

– Va doucement, murmure-t-il. Au prochain feu, arrange-toi pour arriver au rouge. Puis tourne à gauche, tu prends la première à droite et tu me sèmes les flics. Je suis malin, non ?

Roberto serre les dents. Il a les larmes aux yeux, mais tout terrorisé qu'il soit, ce sont des larmes de rage plus que de peur.

– Qu'est-ce que tu me veux ? grogne-t-il si fort qu'on dirait qu'il hurle. Qu'est-ce que tu me veux, merde !

Ray Cooper le regarde. Même comme ça, vu d'en bas, ses yeux semblent blancs. Il sort la main de sa poche. Il n'a pas de pistolet et pas non plus de couteau. C'est un portable. Il appuie sur le bouton d'appel et, un instant plus tard, lui répondent les premières notes de "Better Off Dead" d'Elton John.

Ray Cooper glisse une main entre les sièges, la pousse vers le bas, le plus au fond possible, il gratte avec les ongles, mâchoire tendue dans l'effort, et récupère un téléphone portable. Il le montre à Roberto, en le faisant tourner entre ses doigts comme le vrai Ray Cooper après un roulement de batterie.

Il est si content qu'il se dresse entre les sièges.

La petite utilitaire fait un écart sur la voie prioritaire, dépasse deux autos et se plante de travers devant le taxi de Roberto. Les agents sortent, pistolet à la main, et l'un d'eux s'assied à demi sur une voiture qui a tout juste réussi à piler à temps devant lui. Mais il garde le pistolet pointé sur Ray Cooper tandis que l'autre ouvre la portière coulissante, l'agrippe par un bras et le tire au-dehors, le plaquant sur le trottoir, face contre terre.

Roberto reste seul dans le taxi et regarde autour de lui, étourdi, en serrant la barre antivol qu'il a prise sous le siège, sans même savoir pourquoi.

Le doigt de Grazia me descend le long du ventre et s'arrête sur le nombril. Je l'enlève parce que j'ai toujours détesté être touché là, mais je le garde dans mon poing, sans serrer. Elle est sous le bras dont j'ai entouré son épaule et garde la tête sur ma poitrine, recroquevillée contre mon flanc.

Je suis content que ça se soit terminé vite.

Je suis content qu'elle soit là. Je voudrais qu'elle y reste pour toujours.

– Comment ça se fait que t'as pas les tablettes de chocolat, Simò ? Avec tout ce que tu fais.

– Je me concentre sur des exercices différents. Je soulève des poids. Les abdominaux me servent mais ne m'intéressent pas beaucoup. J'ai un autre objectif.

– Et c'est quoi ?

Je sens sa peau nue qui réchauffe mon flanc. Sa jambe repliée sur les miennes, la cuisse qui me couvre le pubis. Elle me caresse le genou avec un pied. Sa respiration sur ma poitrine sent l'eau de mer, fraîche et salée, l'eau d'une vague.

– Mon objectif est de construire un mur pour vivre à l'intérieur. Je vis à l'intérieur.

Grazia lève la tête et, bien que je ne la voie pas, je sais qu'elle me regarde. J'ôte la main de son épaule et du bout d'un doigt lui touche le front, entre les yeux, où il est plissé par une ride profonde.

– Rien compris, mais ça me plaît pas d'entendre ça, Simò.

Je hausse les épaules. J'ai encore son doigt dans ma main. Elle le retire et descend du canapé, elle a entendu un gémissement venant de la chambre à coucher, où sont les petites. Fausse alerte, elle revient tout de suite. J'entends le frottement de ses pieds sur le sol mais pas le froissement des vêtements, je pense qu'elle est encore nue et ça me fait venir à l'esprit quelque chose qui me perturbe, puis je me rappelle que moi aussi je suis nu et j'oublie ce quelque chose.

– Si quelqu'un entrait… dis-je, mais elle me met une main sur la bouche.

Elle me pousse en arrière sur le canapé et s'installe comme tout à l'heure, la tête sur ma poitrine, la jambe sur moi.

– Tout le monde est à l'étage du dessus, Ersilia aussi, et je pense qu'ils ont compris, parce que le canapé est bancal et qu'on a fait un peu de bruit. Personne ne va venir. Restons encore un peu comme ça.

On reste encore un peu comme ça, la chaleur de la peau, l'eau de mer, sa cuisse qui commence à m'écraser, les orteils qui me grattent le genou.

– Je peux te poser une question ? je demande.

– Vas-y.

– On s'est quittés parce qu'on ne pouvait pas avoir d'enfants ?

– On s'est quittés parce que ça n'avait plus de sens, Simò.

Elle me met les doigts sur les lèvres mais je les écarte.

– Mais tu m'aimais ?

Je la sens qui se relève sur un coude et me pousse la hanche.

– Pourquoi tu veux tout gâcher, Simò ? Je t'aimais, tu m'aimais… je ne sais plus. J'étais tombée amoureuse. Et toi, tu m'aimais, toi ?

Je voudrais lui répondre. J'aimerais lui dire que je l'aimais, que je l'aime encore, que je ne l'aime plus, que j'étais tombé amoureux moi aussi, que je ne sais pas et je ne veux pas le savoir, qu'y penser me fait me sentir mal et que je ne veux pas y penser, que je veux rentrer chez moi, je voudrais lui dire tant de choses et quand ça m'arrive, pour finir je ne dis rien, je l'ai fait tant de fois avec Grazia, avec tout le monde, même avec moi.

De toute manière, même si je voulais parler, le téléphone de Grazia sonne fort dans la pièce des gamines qui se réveillent et se mettent à pleurer.

– Merde ! Je l'ai laissé là-bas !

Je m'assieds sur le canapé et tâte le sol à la recherche de mon caleçon et du pantalon, mais je m'arrête parce que je sens que Grazia est revenue et a même fermé la porte, laissant les petites pleurer de l'autre côté.

– D'accord, dit-elle dans le portable, d'accord, j'arrive.

Et puis, à moi : *ils l'ont pris.*

Pris.

Le (date), à (heure), etc., etc., le soussigné, officier de police judiciaire, etc., etc., vu l'autorisation d'exécuter le mandat délivré par le Subst. du Procureur de la République, etc., etc., procède à l'interrogatoire de M. BONTEMPI IVANO, dit RAY COOPER, né le 23/09/1986 à Bologne, demeurant via, etc., etc., de nationalité italienne, profession employé d'une société commerciale, assisté par Maître, etc., etc., subséquemment averti que ses déclarations pourraient être utilisées contre lui.

SUR INTERPELLATION : Je n'ai jamais rencontré Alessio Crotti, dit l'Iguane, ni n'ai jamais entretenu aucun type de rapport avec lui. Évidemment je le connais de réputation, étant passionné par l'étude de la criminologie, je suis au courant de ses exploits. Mais je n'ai eu avec lui aucun contact d'aucune sorte.

S.I. : Je me suis rendu près de chez lui, à Imola, pour prendre quelques photos de son logement placé sous scellés. Je n'ai en aucune façon altéré les scellés apposés par l'autorité judiciaire ni ne suis entré dans l'appartement en question.

S.I. : Je l'ai fait parce que je suis un collectionneur d'images de lieux de délit et de scènes de crime que je publie et éventuellement commercialise sur le site Crime SceneNow (www.crimescenenow.it) géré par moi sous le pseudonyme de Ray Cooper, que j'utilise en tant qu'admirateur passionné du grand percussionniste. Je précise que le site ne contient aucun matériel illégal et qu'il n'est pas lié à un réseau de sites sur le même sujet.

S.I. : Je ne crois pas moi non plus aux coïncidences et, de fait, ce n'est pas par hasard si je me suis trouvé à Imola quelques heures après la découverte du double meurtre. J'ai appris la nouvelle sur le site Internet du quotidien *La Repubblica* et je me suis précipité sur les lieux pour prendre de vitesse d'éventuels concurrents, du fait que les premières images obtenues possèdent plus de valeur et de prestige, en particulier si, sur les lieux, se trouvent encore les opérateurs de la Scientifique et/ou le cadavre de la victime en évidence.

S.I. : Je sais que publier des images aux contenus violents comme des cadavres entraîne des problèmes de nature judiciaire et je ne l'ai jamais fait. Sur une éventuelle cession desdites images de manière privée, je me prévaux du droit de ne pas répondre.

S.I. : J'ai pris un taxi pour aller à Imola parce que ma voiture est en panne et que j'avais besoin de me déplacer au plus vite pour les motifs évoqués plus haut.

S.I. : J'ai essayé de retrouver le chauffeur du taxi Bologne 5 parce que j'étais certain d'avoir perdu dans sa voiture le portable avec lequel d'habitude je prends des photos, ce qui s'était effectivement produit. Je ne l'ai pas contacté de manière officielle parce que j'avais peur que le chauffeur ou quelqu'un d'autre me soustraie les photographies.

S.I. : Je n'ai pas contacté les autorités quand j'ai compris que j'étais recherché parce que je craignais que ce soit à cause des images que j'ai prises ces derniers temps.

S.I. : Sur ce sujet, je me prévaux du droit de ne pas répondre.

LU ET APPROUVÉ
Bontempi Ivano

– Que des conneries.

Carlisi frappe du poing le procès-verbal de l'interrogatoire de Ray Cooper et la cendre de la cigarette qu'il tenait entre les doigts se répand sur la feuille. Il la balaie d'un revers de la main et la souffle hors de la surface de la table.

– Mais on s'en fout. On l'a coincé.

Anna Maria était assise sur le petit canapé du bureau du questeur adjoint, le plus loin possible, à côté du pothos aux feuilles jaunies placé dans le coin. Elle les avait déjà touchées la fois précédente, en les frottant du bout des doigts et en se demandant comment cette plante parvenait à survivre avec toute cette fumée.

– On ne l'a pas coincé, objecta-t-elle, on l'a arrêté. Pour l'instant, il reste juste un individu borderline maladivement attiré par les faits divers. Pour vraiment le coincer, on doit le relier aux crimes.

– Ne soyez pas si négative, *dottoressa*. Lorenzini nous a félicités et il s'attend à ce que l'enquête évolue favorablement.

Anna Maria hocha la tête sans sourire. Elle était là aussi quand le substitut du procureur avait félicité Carlisi et toute la brigade criminelle, y compris Grazia, mais sans les mentionner, l'UACV et elle. Le questeur adjoint avait présenté les choses de manière à l'exclure et, tandis qu'il acquiesçait d'un air satisfait aux paroles du magistrat, lui, oui, il souriait.

– Dès que possible, j'aurai un entretien avec l'individu pour voir à quel niveau…

– D'accord, d'accord, *dottoressa,* mais en attendant on l'a coincé. Deux à zéro pour nous, n'en déplaise aux cousins, il nous manque juste le but en or. À propos, Granelli, tu m'as déçu.

Granelli était aussi assis sur le divan, à côté d'Anna Maria. Il tenait son ordinateur fermé sur les genoux et le serrait de ses deux mains comme s'il voulait s'y agripper.

– *Dottore*, j'ai fait une recherche photographique et l'individu n'a jamais utilisé ses images sur des sites de crimes. Je n'ai pas pensé à contrôler le pseudo. Mais je l'avais trouvé sur une page de fans de Ray Cooper...

– Qui nous sert à que dalle vu qu'on l'a déjà coincé.

Granelli baissa la tête. Par en dessous, il lança un regard à Anna Maria, qui lui serra un bras, maternelle.

Grazia était debout, appuyée au meuble où Carlisi exposait ses prix et ses trophées. Elle sentait le goût douceâtre du sang sur sa langue mais ne pouvait s'empêcher de se mordre l'intérieur de la joue, en la creusant avec les canines. Quelque chose ne collait pas. Ou, plutôt, trop de choses ne collaient pas.

– Qu'est-ce qu'il y a, Grazia ?

– La *dottoressa* n'a pas tout à fait tort. Par exemple, nous avons vu les photos sur le portable et sur l'ordinateur que nous avons saisi chez lui. Plusieurs fois, il s'est glissé à la suite, je pense, des gens de l'ambulance, et il a filmé les morts par terre ou sur la civière. Mais il n'y a pas de photos de l'Iguane ou des autres. Rien que la résidence, de nuit, du dehors.

– Parce qu'il est dingue, mais pas idiot. Sinon, il se coulait tout seul. Et peut-être qu'il les garde ailleurs.

– Possible. Mais il n'y a jamais rien de lui sur les scènes de crime, pas d'empreintes à la résidence ou chez le psychiatre. Je le sais, que les carabiniers sont furieux contre nous parce qu'on s'est bien gardés de partager les infos et qu'ils ne vont plus nous en passer, mais...

– Parce qu'il est dingue mais qu'il est malin, aussi. Il utilise des gants et fait attention. Alors, quoi, Grazia, tu penses que ce n'est pas lui ? Que ceux qui croient que notre homme c'est Bontempi Ivano, dit Ray Cooper, lèvent la main.

Tout le monde la leva, y compris Grazia, sans trop d'hésitation.

– Mais…

– Laisse tomber. But en or, sifflet de fin du match et à nous la coupe, Iaccarone nous dressera une statue équestre au Viminal. Organisons une confrontation de l'infirmière avec Ray Cooper et faisons-lui confirmer l'identification.

– Qui mettrait en évidence une contradiction avec les affirmations de Bontempi durant sa déposition, mais ne le lierait pas au crime.

– Merci, *dottoressa*, pour votre enthousiasme. Voyons ce qui sort de la perquisition de l'appartement de l'individu et trouvons une trace qui mette son portable sur le lieu du crime à la bonne heure. Je compte sur toi, Granelli, tu as l'occasion de te rattraper.

– Ajoutons mon entretien psychiatrique avec l'individu.

– Ajoutons-le aussi, *dottoressa*. Je suis impatient d'en avoir le résultat. Tu restes un instant avec moi, Grazia ?

Au début, Grazia ne comprit pas pour quelle raison Carlisi l'avait retenue alors que les autres s'en allaient. Il lui sembla qu'il voulait être rassuré sur le résultat de l'enquête parce qu'il lui demanda si elle était contente de rentrer chez elle, maintenant que le danger avait pratiquement disparu. Bien sûr qu'elle l'était, elle avait hâte. Mais il continuait à parler, ils avaient tout résolu sans faire trop de bordel à Bologne, sans la panique du tueur en série, tout dehors et tout fermé, Iaccarone serait enthousiaste, il lui dresserait une statue équestre à elle aussi, il était de Bologne, le Chef, et il lui avait pris la tête avec cette histoire comme quoi cette ville avait été blessée tant de fois juste au moment où elle allait s'en sortir et maintenant aussi elle l'était, prête à réaliser toutes ses promesses, pas de renaître, non, de s'accomplir, enfin, comme l'Italie en général, il y avait les gens qu'il fallait aux commandes, et blablabla.

– Alors que moi, j'en ai rien à cirer, moi, je suis vaniteux, tu le sais, je le fais pour avoir un autre trophée sur l'étagère, poursuivit-il en montrant la plaque qui rappelait quand ils avaient pris le Chien, un des nombreux *monstres* de Grazia, quelques années plus tôt, bien que ça ait été plus son œuvre à elle qu'à lui.

– Et toi, tu veux quoi ?

– Je veux rentrer à la maison avec mes filles.

– D'accord, mais après ?

– Après quoi ?

– Une fois fini le congé de maternité, la mise en disponibilité, ce que tu veux. Tu t'en vas ou tu restes ?

– Je ne sais pas.

Ça lui avait échappé. Parce que avant, toutes les fois où on le lui avait demandé, elle avait répondu qu'elle s'en allait. Ça suffisait comme ça. Ou chasseuse de monstres, ou maman. *On peut être les deux*, lui avait suggéré une collègue de la brigade de Cattolica, *moi je le fais*, mais elle non, elle n'y arrivait plus, elle ne voulait plus.

Mais maintenant, elle avait dit autre chose. Elle avait dit *je ne sais pas.*

– Je m'en vais, se corrigea-t-elle, peut-être, sûrement. Prends-la toi, la coupe, moi je n'ai presque rien fait. Ça s'est fait tout seul.

– Ça arrive quand tu es là. Et si t'es pas là ça n'arrive pas. Je te veux avec moi, Grazia, toujours avec moi. J'ai des idées.

Voilà pourquoi il l'avait retenue. Il avait des idées. Une nouvelle équipe, une équipe spéciale, un truc qui dépassait le cadre de Bologne. Un gros truc. Il avait des idées.

– Je te remercie, mais je ne sais pas… non. Quand tout sera fini, j'arrête. Peut-être. Sûrement.

J'ai eu une idée.
Est-ce que ça va marcher ?

Anna Maria descend de l'autobus et ajuste la banane accrochée à sa taille. Elle y garde son portable, sa carte professionnelle et le pistolet, bien que ce soit contraire au règlement, mais l'arme est un petit .38 hors dotation, très léger, et puis elle a glissé la sangle en textile technique dans les passants de son jean, c'est donc en pratique un holster, impossible à dérober. Elle serre aussi le nœud du chemisier qu'elle porte par-dessus son débardeur, parce que la chaleur est revenue, elle l'arrange sur son ventre et s'avance d'un pas décidé sous les portiques carrés de la piazza dell'Unità.

Il lui est venu une idée.

Ce connard de Carlisi avait tort. Ray Cooper n'est pas si malin que ça. C'est un obsessionnel-compulsif qui planifie tout, très attentif aux détails et en possession d'informations obtenues on ne sait pas encore comment, mais il n'est pas si malin que ça, il en a l'air seulement.

Anna Maria n'a pas besoin du yoga pour visualiser le schéma de Ressler, Burgess et Douglas, qui divise les tueurs en série en deux classes, les *organisés* et les *désorganisés.* Ou celui de Mastronardi qui les répartit en *visionnaires*, *missionnaires*, *par luxure*, *hédonistes* et *power oriented* obsédés par le contrôle. Ray Cooper est organisé et power oriented, et même si c'est de manière impropre qu'on le définirait comme un tueur en série, c'est un harceleur attiré par l'Iguane, lequel en était bel et bien un, et il tuait pour avoir le contrôle absolu sur ses victimes, au point de prendre leur identité.

Mais il n'est pas si malin, Ray Cooper. Quelqu'un qui planifie de téléphoner à une dizaine de radio-taxis et qui par chance tombe vite sur le bon n'est pas malin, c'est juste un obsessionnel compulsif qui a beaucoup de pot. Et un type comme ça est facile à coincer.

Elle en avait rencontré d'autres, des surhommes ironiques et méprisants, convaincus d'être Dieu et de tout contrôler, qui à la première contradiction s'étaient fêlés comme une couche de glace, ça se voyait au sourire qui passait sur leurs lèvres, et peu après s'étaient totalement écroulés. Plus d'une fois, elle était sortie de la salle d'interrogatoire avec les collègues qui applaudissaient, parce qu'une bonne expertise psychiatrique, en plus d'aider le procureur et le juge d'instruction, fournit un tas d'indications à l'enquête traditionnelle. Et n'en déplaise à ce connard de Carlisi, un type comme Ray Cooper, le comprendre, ça sert aussi à le choper.

Il lui est venu une idée.

Pour coincer Ray Cooper et le faire tomber, il faut le mettre en contradiction. Pas tant avec ce qu'il a déclaré, parce qu'elle le sait qu'il ment, ni avec l'image qu'il essaie de donner, celle-là, il s'y ajuste en continu. Il faut le mettre face à ce qu'il sait qu'il est et qu'il ne peut pas admettre. Parce que ça, oui, ça lui fait peur.

Elle a besoin de toutes les informations possibles et c'est pour cela que, maintenant, elle vérifie les numéros des immeubles de la place, en quête de celui où vit Marta.

Elle est convaincue que l'infirmière en sait beaucoup plus qu'elle n'en a dit. Plus ou moins consciemment, peu importe, mais elle a probablement vu Ray Cooper aussi à d'autres moments, ou l'a observé mieux que ce qu'elle a décrit, ou peut-être que l'Iguane lui a parlé de lui. C'est pour cela qu'elle va lui parler. Qu'elle soit ou non consciente d'avoir ces informations, Anna Maria sait comment les lui soutirer.

Elle cesse de scruter les numéros des immeubles parce qu'elle a vu la voiture de service garée à côté du parc. Elle a remarqué la palette* de la Criminelle calée sous le pare-soleil et a reconnu la voiture banalisée. À l'intérieur, un homme est assis au volant, un bras passé à la fenêtre et le masque pendouillant à une oreille, le long d'une barbe de hipster très soignée. Il est en train de regarder une fille trop court vêtue, dans une tenue trop estivale malgré le soleil et, quand il voit Anna Maria approcher, il reporte son regard sur elle. Il semble hésiter entre le maintenir là ou revenir à la fille, peut-être plus convaincu par la fille.

– *Dottoressa* !

Cantarini traverse le parc, tandis que le collègue en voiture détourne vivement les yeux aussi bien de la fille que d'Anna Maria. Ses yeux à elle sont posés sur le sac de la Coop que l'inspecteur tient à la main.

– Vous savez, je ne fais pas mes courses pendant les heures de service… c'est ce que l'infirmière m'a demandé de lui prendre. Elle dit qu'elle ne sort pas parce qu'elle a peur. Elle est drôlement bizarre, cette gamine-là, je crois que vous devriez lui faire une bonne petite évaluation à elle aussi.

– Je vais aller lui parler.

– Sinon, ça a encore un sens qu'on soit ici, puisqu'on l'a pris ? De toute manière rester là-dehors ne servait pas à grand-chose.

– C'est ça, l'immeuble ? À quel étage ?

– Le dernier, sans ascenseur. Au fait, si je peux me permettre, *dottoressa*, vu que vous montez…

Anna Maria prend le sac des mains de Cantarini et traverse la rue avant de se glisser dans l'entrée dont la porte était entrouverte. C'est un de ces escaliers étroits d'une copropriété des années 70, avec ses marches de marbre gris, les paliers de grès et la rampe de métal bordée d'un

---

* La *paletta* est une plaque ronde placée au bout d'un manche, utilisée par les services de police pour régler la circulation, inciter des conducteurs à se rabattre ou à s'arrêter.

bois trop large. Tandis qu'elle monte, elle examine les courses : sucre, lait, biscuits, café, deux boîtes de thon.

Elle arrive en haut un peu essoufflée, le dernier niveau est vraiment le dernier, les deux portes face à face de part et d'autre du palier semblent avoir été aménagées dans le grenier. Anna Maria lit les étiquettes sur les sonnettes : "Dumitrescu I." à gauche, "Leosetti M." à droite, et elle vient juste de sonner quand la vibration dans sa banane l'avertit d'un message.

Il est de Granelli. À peine sortis du bureau de Carlisi, il avait vomi devant elle toute la fureur qu'il couvait contre son chef, ce couillon, ce salopard, connard et fils de pute. Déçu, déçu… mais qu'est-ce qu'il croit, que ça se passe comme dans les films, qu'il y a le geek de service qui tape un peu sur le clavier et voilà les fiches avec toutes les données demandées, y compris celles de la CIA et du Deep Web ? C'est pas comme ça que ça marche. Et en tout cas, lui, il en a trouvé, des trucs, parce qu'il est fort, l'assistant Granelli, n'en déplaise à ce couillon.

La fanpage de Ray Cooper, qui ne sert plus mais il ne le savait pas. Et une plainte pour harcèlement d'il y a quelques années, qui mentionne des souris en fil de fer. Au Parquet, il y avait quelqu'un particulièrement sensible aux violences sexistes qui avait tout de suite fait mettre en ligne les pièces relatives à ce type de délit, dont le harcèlement. Il a fallu quelques mots-clés mais à la fin il y est arrivé, dès son retour au bureau il les lui envoie. À elle, pas au connard, qu'il aille se faire enculer, cette tête de nœud.

Et, de fait, sur le portable apparaît un message WhatsApp de Granelli, avec document joint. Anna Maria l'effleure du pouce et le PDF s'ouvre, mais à ce moment-là s'ouvre aussi la porte de l'appartement de Marta, qui reste plantée là à la regarder, un peu surprise.

– Je suis la *dottoressa* Cescòn… on se connaît. Tu te rappelles, n'est-ce pas ?

Marta hoche la tête, fait un pas de côté et la fait entrer. En passant la tête dans l'embrasure, elle jette un coup d'œil sur le palier, à gauche et à droite, puis ferme la porte à clé.

L'appartement est divisé en deux, ou plutôt en trois, si on considère le petit cube de placoplâtre ménagé dans un coin, qui doit contenir la salle de bains. Séjour-chambre à coucher et une petite cuisine derrière une porte coulissante, avec un plafond assez bas pour laisser penser que ce dernier étage a vraiment été aménagé dans le grenier.

– L'inspecteur Cantarini m'a donné ça pour toi. Désolée de ne pas t'avoir appelée avant, mais je voudrais discuter un peu avec toi, ça ne te dérange pas ?

Marta prend le sac de la Coop. Elle hausse les épaules.

– Je fais du café, dit-elle.

Puis elle passe une main dans ses cheveux courts, se donne deux petits coups au coin du front et disparaît dans la cuisine.

Anna Maria sourit et laisse glisser son regard dans la pièce, en notant ce qui pourra lui servir plus tard, quand elle essaiera de pousser Marta à s'ouvrir à fond. La pile de mangas sur la table de nuit, les Crocs rouges alignées à côté du lit une place disposé contre le mur. Rien sur les parois, blanches et nues, comme l'armoire fermée, rien alentour, rien sur les chaises autour de la table. Sur celle-ci, une tablette est maintenue en position verticale par l'étui pliable. À l'écran, la page YouTube d'une chanson arrêtée sur un dessin en noir et blanc.

Anna Maria s'approche pour la regarder, ce sont trois images de la même gamine, apparemment japonaise, elle aussi style manga, longs cheveux noirs avec petite frange, imperméable ouvert et un idéogramme blanc sur le t-shirt, noir lui aussi. Elle tient dans ses mains un parapluie fermé, pointé vers le bas, et sur la première image elle semble très triste, et en effet elle pleure carrément, avec des larmes au coin des yeux, dans la deuxième elle les a fermés, deux lignes nettes au-dessus de celle plus mince de la bouche qui semble sourire. Dans la troisième, ses yeux sont ouverts, mais on ne comprend pas son expression. Anna Maria ne la comprend pas. Peut-être est-ce un bon point de départ avec Marta. Lui demander ce que pense la fille, d'après elle.

Il y a un vers en italien dans les sous-titres, *emmène-moi avant que je me noie*. Anna Maria touche le minuscule triangle au centre du dessin et une petite voix qui chante en japonais la fait sursauter, parce qu'elle est trop forte. C'est censé être amusant, elle égrène une espèce de comptine incompréhensible et juste après démarre une batterie électronique qui marque le rythme, c'est vif et ça pourrait être agréable mais il y a quelque chose qui la trouble, elle ne sait pas pourquoi. Elle l'arrête du bout de l'index, mal à l'aise. Elle pourrait parler aussi de ça avec Marta.

– Pardon, dit-elle en direction de la cuisine.

Elle lit "Lost Umbrella", Kaai Yuki, et sort son portable de la banane. Elle a encore le PDF de Granelli à l'écran, elle voudrait l'enlever pour chercher quelques informations sur Google mais, ce faisant, elle passe le pouce sur le document et, au lieu de le fermer, elle le déroule et elle est frappée par une phrase lue au passage.

Anna Maria fait descendre le texte pour arriver au début du paragraphe. Elle lit les mots avec attention cette fois, ne détachant les yeux que quand elle a fini.

Elle bat des paupières, perplexe, perdue, et voudrait tout relire ne serait-ce que pour stopper les pensées qui lui viennent à l'esprit, mais à ce moment-là Marta lui enfile le sac sur la tête et le portable lui glisse des mains.

Elle ne m'a pas entendue parce que je suis une souris. Je serre le sac sur son visage et, d'un bond, lui grimpe sur le dos, jambes enserrant la taille, chevilles entrecroisées sur le devant. Je tourne la main qui serre les poignées du sac et enfonce l'autre, poing fermé lui écrasant la nuque. Je suis contente que ses cheveux soient aussi courts. Je suis collée à son dos et elle ne peut pas se débarrasser de moi. Je suis une souris.

Quand elle sent le sac s'écraser sur son visage, Anna Maria ouvre grand la bouche pour aspirer de l'air et le goût acide du plastique lui descend jusqu'au fond de la gorge. Le poids de Marta sur son dos et l'étreinte à sa taille la font tituber contre la table. Elle se gratte le visage avec les ongles ; le voile qui l'étouffe est trop serré, il ne se détache pas. Elle tourne sur elle-même et se jette en avant mais Marta résiste, accrochée à elle, elle cogne contre la table et la tablette tombe par terre. La chanson repart, son rythme soutenu et maintenant rapide remplit la pièce de cette voix d'enfant mais aucune des deux ne l'entend. Il y a des vers en italien, dans les sous-titres, mais personne ne les lit.

Des petites gouttes de pluie frappent mes yeux, mon souffle se bloque dans ma gorge, mais pour moi qui n'aurai jamais de forme solide ça pourrait aussi être un soulagement.

Anna Maria pousse vers l'arrière, écrasant Marta contre le mur. Quelque chose craque dans son dos mais le rebond lui fait perdre l'équilibre. Elle glisse sur le sol, Marta sous elle serre plus fort ses jambes et tire sur les poignées du sac, en les tournant autour de son poignet.

Le temps qui ne m'aidera jamais à m'habituer à ma propre voix se transforme en une bruine qui me barre la route.

Elle se débat, agitant les jambes dans tous les sens par terre, tendant les pieds pour essayer de se retourner, mais elle n'y parvient pas. Elle lance les mains en arrière et ses doigts glissent sur les cheveux trop courts de Marta. Elle cogne du poing contre les genoux de la fille qui compressent sa poitrine. Ne parvient pas à réfléchir, étouffée par la panique et le gaz carbonique, puis sa main glisse sur la banane et elle se rappelle le pistolet. Elle a laissé la fermeture à glissière ouverte quand elle a pris le téléphone, elle sent la crosse de bois sous son pouce et la tire vers elle, mais le canon du revolver se coince dans la fermeture éclair et alors elle tire encore plus fort mais ça ne vient pas.

Je veux me débarasser de ce parapluie au-dessus de ma tête.

Anna Maria hurle, sans air, et la voix ne sort pas de sa bouche ouverte. Elle écarte les bras, ses doigts battent mollement sur le sol et elle s'affaisse entre les jambes de Marta.

Cette fois, je comptais bien sur le gaz carbonique.

J'avais tendu mon piège pour le flic et c'est la *dottoressa* qui y est tombée. Super, c'est encore mieux.

Je continue à tirer, pour être sûre, puis je me détends moi aussi, écrasée sur le sol par le poids de son corps. Ça a été fatigant.

Mais le temps presse. Je la repousse et la laisse là sur le côté, le sac sur la tête.

Je sors le pistolet de la banane. Mignon, petit, noir.

Mais le temps presse.

J'ai à peine commencé.

Grazia bondit de la voiture avant qu'elle ne soit complètement arrêtée et, pour la première fois depuis tout ce temps, elle sentit un déchirement à la cicatrice de sa césarienne.

Il y avait déjà plusieurs véhicules et beaucoup de curieux qui se pressaient dans le parc. L'ayant vue descendre d'une voiture avec sirène et gyrophare, les agents de garde à la porte de l'immeuble s'abstinrent de lui barrer le passage quand elle se précipita à l'intérieur sans leur prêter attention.

Dans le hall, un policier à barbe très soignée la fit monter et la suivit – en courant, vu qu'elle gravissait les marches deux par deux. Mais à mi-chemin Grazia dut s'arrêter, penchée en avant, souffle coupé, une douleur au ventre. Cantarini descendit jusqu'à elle, pistolet à la main.

– Je le disais bien que rester en bas ne servait à rien ! Mais bon Dieu, on l'avait pas déjà arrêté ? Monte… elle a dit qu'elle te veut toi et personne d'autre !

Grazia lui fit signe d'attendre, aspirant l'air pour reprendre son souffle. Elle poursuivit son ascension, mais plus lentement, une main agrippant la rampe. Elle ne savait pas grand-chose de ce qui s'était passé et idem pour Carlisi, qui l'avait appelée pour qu'elle vienne au plus vite piazza dell'Unità. Il était arrivé quelque chose à Marta et à la Cescòn.

– L'infirmière dit qu'elles étaient là, la *dottoressa* et elle, à parler, quand elles ont entendu la sonnette. Elle a cru que c'était moi et elle a ouvert, mais en fait c'était quelqu'un, je ne sais pas, elle n'a pas réussi à s'expliquer.

Elle dit qu'elle s'est échappée pendant qu'il tuait la *dottoressa*. Elle hurlait dans son portable comme une folle mais quand je suis entré dans l'appartement, elle m'a tiré dessus. Elle est dans la cuisine et elle crie qu'elle te veut toi, seulement toi.

Sur le dernier palier, il y avait quelques agents armés. Il y en avait un autre dans le séjour, appuyé contre le mur à côté de la porte coulissante qui donnait sur la cuisine. Il lui fit signe de ne pas rester là devant, de se déplacer sur le côté, à l'abri d'un tir éventuel. Grazia vit Anna Maria au sol, le sac sur la tête, et il lui fallut un autre geste du policier pour bouger. De là aussi, à côté de lui, elle ne parvenait pas à détacher son regard du corps. Puis elle se tourna vers la cuisine et passa à peine la tête.

Le coup de feu résonna comme un tonnerre, la faisant s'accroupir d'un élan qui lui mit une brûlure dans le ventre et les genoux. Le projectile arracha un éclat au montant de la porte, beaucoup plus haut, heureusement.

– Marta ! cria Grazia. C'est moi ! C'est Grazia ! Celle des petites !

Les collègues pointaient leurs pistolets et elle leur fit signe de les baisser, parce qu'elle avait peur de Marta, mais aussi d'eux.

– Marta ! Maintenant, je viens vers toi ! S'il te plaît, ne tire pas !

Doucement, très doucement, elle fit un pas de côté, laissa dépasser un bras, puis tout le reste, et entra dans la cuisine.

Marta était sous l'évier. Quand elle vit Grazia, elle jeta le pistolet d'Anna Maria et courut l'étreindre, enfonçant son visage en elle, secouée de violents sanglots qui semblaient ne jamais devoir finir.

Grazia lui caressa la tête, lui donna même un baiser sur ses cheveux courts et, peu à peu, la poussa hors de la cuisine. Elle lui tint une main sur la nuque pour qu'elle ne s'écarte pas d'elle et ne voie pas le corps d'Anna Maria.

Trois choses lui vinrent en tête, qui se mélangèrent en quelques fractions de seconde.

La première: si quelqu'un était entré pour tuer Marta et avait assassiné Cescòn, alors Ray Cooper n'était pas leur homme. Ou il n'était pas seul.

La deuxième: si Ray Cooper n'était pas leur homme, ou s'il n'était pas seul, alors il y avait quelqu'un en circulation.

La troisième: tout le monde était encore en danger. Marta, Simone, elle. Les petites.

Marta détacha son visage de Grazia et la regarda avec des yeux écarquillés. Elle n'était pas beaucoup plus petite mais pour être ainsi bien plus bas, il lui fallait tenir la tête en arrière et vue comme ça, de là, elle était attendrissante.

– Je peux venir avec toi, maintenant?

Grazia hocha la tête, décidée.

– Oui, viens avec nous. Sois tranquille, Martina, je m'occupe de toi, maintenant.

Elle la prit par la main et l'emmena vite au-dehors. Avant de sortir, Marta eut le temps d'attraper le masque qu'elle gardait accroché à la poignée de la porte. Elle le passa sans s'arrêter, en l'écrasant sur son nez, les élastiques serrés derrière ses oreilles qui, ainsi tirées en avant, semblaient encore plus écartées.

Comme celles d'une souris.

J'ai eu une idée.
Elle a marché.

III

LA SOURIS

Amor
It's not a joke
I want to kill 'em
I'm not looking for God.

Amor
Ce n'est pas une blague
Je veux les tuer
Je ne cherche pas Dieu.

Melancholia, "Léon"

Il y a de la tension dans l'air. Et pas seulement parce qu'un orage approche, je le sens au goût de fer mouillé que j'ai dans la bouche et le nez. Quand elle reçoit l'appel de Grazia, la policière de la protection, qui est toujours si enjouée et gentille, change de voix, devient nerveuse, et même si elle chuchote et ensuite ne veut rien me dire, il est clair que quelque chose d'étrange s'est passé.

Elle me fait entrer dans la chambre des petites et ferme la porte. Je reste immobile, debout, à écouter le souffle fragile de leur sommeil léger, puis essaie de me déplacer sans rien heurter, mais la pièce semble vide. Là où le souffle se fait entendre plus fort, je touche d'une jambe la tête du lit, mais ce n'est pas là qu'elles sont. Je plie la tête, en suivant l'odeur de talc et de lait, et mes doigts rencontrent une surface d'osier tressé qui commence à se balancer, un couffin, suspendu à quelque chose. Je l'arrête et attends, retenant ma respiration, avant de m'asseoir sur le lit un peu plus bas.

Je ne veux pas rester là.

Je me laisse aller en arrière, sur les coudes, mais je m'immobilise parce que l'odeur de Grazia que je sens sur les oreillers me met mal à l'aise. Je n'ai pas compris ce qui s'est passé entre nous. Je n'ai pas compris pourquoi.

J'entends bouger dans le couffin. J'ai peur que les filles se réveillent, alors j'appuie les doigts sur le bord et le fait balancer, doucement, puis je pousse ma main plus loin, les bouts de mes doigts descendent prudemment, comme une sonde. L'extrémité de l'index rencontre quelque chose de chaud et lisse et si petit, si fin, que ça me donne des frissons comme si j'avais touché la main d'un squelette. De fait, c'est une main, les doigts filiformes, les petits ongles pointus, la paume osseuse, on dirait une patte d'oisillon, et dès que j'y glisse la première phalange elle s'y accroche, la serrant avec une force que je n'aurais jamais imaginée.

Je reste comme ça, appuyé sur un coude, l'autre bras tendu, immobile, dans une position inconfortable, je ne sais combien de temps. Étourdi d'une tendresse poignante qui me déchire en dedans comme une feuille mouillée et me fait pleurer en silence toutes les larmes de mon corps. J'ai peur de rompre cette prise obstinée et instinctive, parce que je ne veux pas perdre cette chaleur douce qui enveloppe mon doigt et me dissout le cœur dans un sourire qui tremble sur mes lèvres, mais j'espère que ça finira vite.

Je ne veux pas rester ici.

Je ne veux pas rester ici.

L'orage éclata alors que Grazia était encore en voiture, à quelques virages de distance. Ils avaient suivi une autre route, encore plus longue et tortueuse, l'agent assis devant se tordant le cou pour regarder à l'arrière si personne ne les suivait et le chauffeur concentré sur ses dérapages dans les tournants, pour éviter qu'ils finissent dans le ravin. Grazia était assise avec Marta, une main accrochée à la poignée et, de l'autre côté, un bras sur ses épaules, comme un oisillon sous son aile. Elle la regardait du bas vers le haut, sans jamais détacher ses yeux, et quand Grazia s'en aperçut, elle lui sourit pour se remettre aussitôt à penser, en se mangeant la joue aussi loin que possible.

Au début, c'étaient seulement des grondements de tonnerre qui grattaient le ciel comme les gargouillis d'un ventre vide, puis arriva la pluie accompagnée de déflagrations qui, elles, semblaient vraiment vouloir lui crever la panse, au ciel. Grazia et Marta sautèrent de la voiture et coururent sous l'eau qui fouettait la terre de gouttes épaisses, grosses comme des grains de raisin, pour se glisser, déjà trempées, dans l'entrée dont Ersilia tenait la porte ouverte. Elles deux seulement, les agents avaient fait marche arrière presque contre l'entrée et étaient restés en voiture, dans la cour. Ersilia les regardait en secouant la tête, poings sur les hanches.

– Pour finir, on a réussi à la faire, cette Communauté des Sous-Protection rapprochée, hein ?

Grazia se peigna les cheveux avec les doigts et les secoua au-dessus du sol.

– Où est Simone ?

– En haut, sur son canapé. Immobile comme la statue de la statue d'un bonze.

– Les petites ? Elles pleurent…

– Tout va bien, elles sont nerveuses à cause de l'orage. Grazia… ajouta-t-elle en la retenant alors qu'elle s'apprêtait à monter l'escalier, on n'est pas là pour faire les baby-sitters, j'ai Carlisi en ligne, dans la cuisine, le seul endroit où mon portable passe, on doit discuter de beaucoup de choses…

– Je peux y aller, moi ?

Marta avait levé la main, comme à l'école. Elle hochait la tête, ses grands yeux brillant d'enthousiasme. Elle se passa une main sur la tête, très vite.

– Marta…

– J'y vais, moi, près d'elles. Je suis opératrice socio-sanitaire professionnelle, j'ai une habilitation de pédiatrie, je les garde, moi. S'il te plaît. Je t'en prie, s'il te plaît.

Grazia échangea un regard avec Ersilia, qui haussa les épaules.

– Ok, d'accord. J'arrive dans pas longtemps.

Elle la regarda monter en courant les marches, glissant dans ses Crocs avec ses chaussettes trempées, ses oreilles de souris qui, vues ainsi, de l'arrière, dans la lumière livide de la fenêtre en haut de l'escalier, semblaient presque transparentes.

– Grazia ? C'est Cantarini, le *dottore* est à côté avec le magistrat et un certain nombre d'officiers des carabiniers et, d'après ce que j'entends, j'ai l'impression qu'ils lui remontent les bretelles. Pour l'instant, il demande confirmation des infos fournies par l'infirmière, parce qu'ils doivent déclencher la chasse à l'homme. Sexe masculin, grand, brun, maigre, masque blanc, tu confirmes ? Rien d'autre ? Je comprends bien que la fille s'est fourrée tout de suite sous l'évier et heureusement qu'elle avait le pistolet, mais si tu réussissais à lui faire dire quelques petits trucs en plus… attends, le *dottore* est de retour.

– Grazia? C'est le bordel. Même Iaccarone m'a appelé, sa Bologne, sa Bologne… va te faire foutre. Et je suis désolé pour la *dottoressa*, tu sais, même si c'était une conne. Mais je suis désolé aussi pour moi. Je ne peux pas me permettre d'autres morts, donc restez là bien sages avec Ersilia, parce que maintenant c'est elle qui commande. On ne peut pas vous envoyer d'autres agents parce qu'on est tous en chasse. On tire tout ce qu'on peut des caméras de la place et enfin, putain de merde, il y a la Scientifique qui fait les relevés, mais si tu arrives à lui en faire dire un peu plus à la petite, j'insiste. Allez, salut… ah non, attends.

– Inspectrice Negro ? C'est Granelli, juste un service, vu qu'on est tous dans le pétrin… la *dottoressa* Cescòn m'avait fait faire une recherche sur les plaintes pour harcèlement et j'en avais trouvé une, je vous l'envoie aussi à vous… Oui, *dottore*, je le sais qu'on n'en a plus rien à foutre… mais j'ai retrouvé la victime qui a déposé plainte, elle est en Angleterre, près de Londres, je vais avoir un appel d'ici deux heures, vous ne pourriez pas lui parler, vous, inspectrice ? Par respect pour la pauvre *dottoressa*… merci.

Mes petites, mes jolies, s'il vous plaît, ne pleurez pas.

Petites souris jolies, moi aussi je suis une souris, je m'appelle Andrea. Allez, s'il vous plaît, arrêtez. Je chante pour vous.

Je chante : *Emmène-moi hors d'ici avant que je me noie.*

Vous êtes si petites. Des souriceaux encore aveugles, à peine nés. Vous avez des petites pattes pointues et des lèvres retroussées sur des gencives sans dents. Des taches rouges sur une peau constellée de petits squames sur les côtés du nez. Les yeux plissés sous les rides qui se creusent sur le front.

S'il vous plaît, s'il vous plaît, arrêtez.

Dans le temps où je réussis à voir je veux que tout soit fini ou quelque chose de ce genre – je n'y peux pas grand-chose.

Aimez-moi, je vous en prie. Je suis comme vous. Je mets la tête dans le couffin et j'enfonce mon museau dans vos couvertures. Je frotte mon nez contre vos ventres d'éponge. Griffez-moi les joues avec vos petites pattes pointues. Mordez mes oreilles de souris. Je voudrais entrer là aussi, avec vous, mais je ne suis pas encore assez petite.

Aussi de cette main trempée dont je devrai me séparer, aussi avec ces bonbons dont je détestais le goût, j'ai décidé de ne pas regarder ce désastre par la fenêtre, plutôt j'ai tourné mon regard en un lieu très très lointain, où les fleurs séchées fleurissent.

Aimez-moi. Aimez-moi.

Je vous en prie, aimez-moi.

Vous ne voudriez pas me voir en colère.
Je vous assure.
Non.

Pourquoi ont-elles arrêté de pleurer ?

Je m'étais habitué à ce bruit forcé et intermittent, qui d'abord était aigu comme un cri et puis est devenu un souffle, mais encore si fort, si sonore, à percer le bruissement épais et compact de la pluie au-delà des fenêtres.

Ce n'est pas par insensibilité que je suis resté immobile sur mon canapé, mais seulement parce que, même si j'étais allé à côté, je n'aurais pas su quoi faire. Je pensais qu'à un moment Grazia allait arriver, ou la policière à la voix enjouée. Je m'étais presque endormi.

Puis il s'est passé deux choses.

Le crépitement de la pluie s'est fait plus solide et lourd, et avec le soupir ferreux de l'orage qui soufflait sa fraîcheur sur mon visage, je me suis réveillé.

Alors, je me suis aperçu que les petites ne pleuraient plus.

Pourquoi ?

Désormais, j'ai appris le chemin, je peux quitter le canapé et rejoindre leur chambre sans même traîner les pieds par terre. J'arrive donc en silence, mon déplacement également couvert par le bruit de la pluie, et quand je suis sur le seuil, j'entends un hoquet de surprise.

Il y a quelqu'un d'autre dans la pièce.

– Grazia, je murmure, même si je sais que ce n'est pas elle.

– Je suis Marta.

Elle a une voix de petite fille qui m'arrive filtrée par quelque chose, un masque je crois, et si elle n'était pas si proche de moi, juste à ma droite, peut-être que je ne l'aurais pas entendue. Mais ce n'est pas une petite fille.

Quand est-elle entrée ? Pendant que je dormais ? Elle ne peut pas avoir été silencieuse au point de passer à côté du canapé sans que je m'en aperçoive, même au milieu du bruit de la pluie.

Il y a quelque chose qui me met mal à l'aise. Plus encore, qui me trouble.

Me fait peur.

– La fenêtre est ouverte ?

Je m'approche du courant d'air humide que j'ai devant moi. Trop vite. Je cogne du genou contre la tête de lit et ça fait mal, mais je veux fermer la fenêtre.

Je veux toucher les petites.

Savoir comment elles vont.

Mes pieds sont nus dans la pluie froide tombée sur le sol. Je trouve les vitres en faisant courir mes doigts le long du rideau et je suis sur le point de les fermer quand le vent tourne et, un instant, l'orage se calme.

C'est alors que je l'entends.

Ce bruit.

D'un coup, toutes les sensations de ce souvenir se fondent ensemble, les fleurs de lavande entre mes doigts, l'air poussiéreux sur mon visage deviennent un son net qui traîne et frappe, hirsute et sourd, et je peux l'imaginer en mettant ensemble les morceaux comme dans une mosaïque en trois dimensions.

C'est le bruit d'une main qui frotte rapidement des cheveux courts et des doigts qui battent vite sur la tête, deux fois.

Si clair, si semblable, que j'ai l'impression d'être encore dans la salle de gym, chez moi, glacé par la même peur que celle que j'éprouve maintenant.

C'est ce bruit.

La personne qui l'a produit à l'époque est maintenant ici avec moi.

Il ne me regarde pas, je sais qu'il ne peut pas, il ne tourne même pas le visage vers moi et reste de dos, mais je comprends quand même qu'il s'est raidi, immobile, les bras ouverts sur les montants de la fenêtre, comme en croix.

Il sait qui je suis.

Il appelle Grazia mais sa voix se perd dans le bruit de la tempête. Il se penche vers moi et agite les mains, mais il ne m'attrape pas.

Moi, je suis une souris.

Je passe sous ces bras qui pourraient m'écrabouiller et m'agrippe à la cheville de sa jambe la plus en avant. Je la soulève de terre en tirant fort, il vacille et, avant qu'il puisse reprendre l'équilibre, je le pousse vers la fenêtre et le précipite par-dessus le rebord.

– C'était quoi ?

Grazia lève la tête car il lui semble avoir entendu un bruit sourd à l'arrière.

– C'est l'orage, dit Ersilia. Sois tranquille. Voilà comment je vois les choses : si notre homme avait su où on était, il serait déjà venu.

Elle avait fait du café et en versa une tasse à Grazia, qui secoua la tête.

– Je suis assez nerveuse comme ça…

Et, en fait, l'intérieur de la joue lui brûlait.

– … je n'ai pas peur, je suis juste fatiguée.

– Va dormir un peu. De toute manière, qu'est-ce que tu peux y faire ? Dehors, il y a la plus grande chasse à l'homme depuis l'époque de la Uno Blanche* (*chasse à qui ?* pensa Grazia), et à l'intérieur nous sommes là. Un poste de garde à l'entrée, Fedrini qui restera à la cuisine après avoir porté du café aux gars de la voiture, et Ersilia comme joker. Tu l'as, ton pistolet ?

Grazia claqua une main dans son dos, là où elle tenait le Beretta glissé dans la ceinture de son jean.

– Et alors, qu'est-ce que tu veux de plus ? Va faire un petit somme, allez. Je m'occupe de tout, ici.

Grazia hocha la tête. Elle voulut vérifier s'il y avait des messages sur son portable mais Ersilia la poussa de sa chaise, *vas-y, vas-y*.

---

* Célèbre affaire qui occupa les médias entre 1987 et 1994 : une bande, composée principalement de policiers de Bologne se déplaçant dans une Fiat Uno blanche, commit des dizaines de braquages, tuant 24 personnes et en blessant 114.

Elle monta l'escalier et lança un coup d'œil au canapé, mais Simone n'y était pas. Elle avança tout droit, imaginant le trouver avec les petites, puis la fenêtre grand ouverte avec l'orage qui pénétrait quasiment dans la pièce le lui fit oublier.

– Il ne fait pas trop froid, comme ça ?

– Non, dit Marta. Les petites ont besoin d'air.

Elle était à genoux sur le lit, assise sur ses talons, et balançait le couffin, une main à l'intérieur.

Grazia s'approcha et regarda les jumelles qui dormaient tranquilles, couchées sur le côté. Une des deux contracta ses joues dans un réflexe qui ressemblait à un sourire.

– J'ai trouvé les flacons du tire-lait. Je leur ai donné à manger et je leur ai fait faire leur petit rot. Je les ai changées, aussi.

– Bravo, Martina, tu es embauchée. Mais quand même je vais fermer la fenêtre, pas pour elles mais pour moi, je suis encore toute trempée. Tu as vu Simone ?

Marta ne dit rien. Elle regarda Grazia qui retirait son pistolet de derrière son dos et le posait sur le lit, avec son étui. Elle la regardait à sa manière, les yeux écarquillés, à tel point que Grazia hésita à retirer son t-shirt humide, embarrassée un instant par ce regard fixe et ce sourire qu'on devinait malgré le masque. Mais ce n'était que du bonheur, un bonheur tendre et ingénu, qui la fit sourire elle aussi. Elle prit un autre t-shirt qui se trouvait dans le sac par terre, puis retira aussi son jean parce que Marta avait raison, avec la fenêtre fermée, il se formait dans la pièce une espèce de condensation tropicale et il faisait chaud. Elle s'étendit sur le lit, laissant le pistolet au sol et plia l'oreiller pour qu'il lui maintienne la tête plus haut. Marta bougea pour lui faire de la place.

– Tu es sûre que tu ne te rappelles rien d'autre ? Quelle voix il avait, quel accent il avait… c'est-à-dire, il n'a jamais parlé ?

Marta haussa les épaules.

– Bon d'accord, prends ton temps, un peu mais pas trop, parce qu'on en a besoin, mais bon, putain, moi non plus je n'arrive pas à réfléchir. Je suis tellement crevée.

– Dors, alors.

Marta lui effleura le front de la main, glissant ses doigts dans les cheveux avec tant de légèreté que Grazia s'en aperçut à peine.

– Je m'en occupe, dors.

– C'est la deuxième fois qu'on me dit ça, aujourd'hui…

Et elle voulait ajouter *les deux uniques fois de ma vie* mais ses paupières s'étaient faites si lourdes, avec les doigts de Marta qui la massaient entre les yeux, comme avec les petites, et, comme elles, elle aurait voulu s'endormir comme ça, le bras hors de la couverture, sur le côté, lèvres entrouvertes dans le sommeil et le réflexe d'un sourire sur la joue.

Pendant un instant, elle pensa que Marta allait se mettre à lui chanter, à elle aussi, ce truc japonais, et elle voulait lui dire que ça ne lui plaisait pas, mais elle s'endormit avant.

Mais Marta ne chantait pas.

Elle lui murmura :

– Sois tranquille. Nous sommes là. Moi, toi et les petites. Les autres ne servent à rien. Rien que nous.

Et pendant ce temps, elle pensait : *aime-moi*.

Tu m'aimeras, pas vrai ?

Pas vrai ?

Ils sont trois. Deux dans la voiture et un à l'extérieur, avec le parapluie qui lui couvre la tête et le plateau des tasses de café. Il me vient à l'esprit *je veux me débarrasser de ce parapluie au-dessus de ma tête*, mais je n'ai pas le temps.

Sous un rideau de pluie qui me couvre comme une ombre obscure, j'arrive dans le dos du policier qui rit, penché vers la fenêtre, je lève le pistolet que j'ai pris à Grazia et lui fais exploser la tête.

Je ne donne pas le temps à ceux qui sont dans la voiture de s'essuyer le sang du visage, je laisse celui du dehors s'effondrer et, tenant le pistolet à deux mains, je le vide à l'intérieur de l'auto jusqu'à ce que la détente se bloque et qu'ils cessent de rebondir sur les sièges.

Je jette l'arme et prends celle du policier au parapluie. Je pense *je tiens le parapluie sur ma tête comme l'auréole du monde* et je voudrais le prendre mais je n'ai pas le temps.

La porte s'ouvre et la policière grassouillette sort sur le seuil. Même avec l'orage, elle ne pouvait pas prendre tous ces coups de feu pour du tonnerre mais elle n'a pas compris ce qui s'est passé, parce qu'elle regarde autour d'elle, pour l'instant juste soupçonneuse.

Elle me voit, une forme dans l'orage, dégoulinante d'eau, mais elle ne me distingue pas pour l'instant.

– Fedrini, c'est toi ? lance-t-elle en mettant une main sur l'étui qu'elle a au côté.

Je lui tire trois balles dans le ventre et une dans la tête, quand elle est à terre.

Grazia se réveilla d'un coup et s'assit sur le lit dans un sursaut qui lui coupa le souffle, faisant battre son cœur dans sa gorge.

Il y avait eu le fracas d'un coup de tonnerre si violent et si fort qu'on aurait cru que le toit s'était effondré, mais ce n'était pas ça qui l'avait arrachée à son sommeil de plomb. C'était la sonnerie du portable, surtout la vibration, vu que l'appareil avait terminé sous ses fesses.

"Londres", annonçait l'écran, à côté d'un numéro inconnu qui commençait par "0044". Il fallut un peu de temps à Grazia avant de se rappeler les mots de Granelli, la victime de harcèlement qu'il avait fini par identifier en Angleterre pour Cescòn et tout le reste, et même alors elle eut bien envie de laisser sonner jusqu'à ce que le correspondant se lasse et coupe, mais la vibration continuait, insistante, comme si elle ne devait jamais finir.

C'était un appel vidéo. Grazia lança un coup d'œil aux petites, tranquilles, s'arrangea un peu les cheveux, se passa la langue sur les dents et répondit en faisant attention à ne pas cadrer ses jambes nues. De toute manière, l'appel ne durerait pas longtemps, parce qu'elle avait oublié de mettre son appareil en charge et il y avait très peu de batterie.

– *Dottoressa* Cescòn ? C'est Maria Carlini, ravie de faire votre connaissance.

– Je suis l'inspectrice Grazia Negro, la *dottoressa* est… elle n'est pas disponible. C'est moi qui m'occupe de l'enquête, vous pouvez tout me dire.

– Et qu'est-ce que vous voulez que je vous dise ? Je vous dis *pas trop tôt*, voilà ce que je vous dis.

Grazia inclina le portable pour que l'oreiller dans son dos échappe au cadre. Elle essaya de ne prendre que le mur blanc, en espérant que les petites ne se mettent pas à pleurer juste maintenant. La fille de l'appel, en revanche, avait derrière elle une belle bibliothèque et devait se trouver dans un appartement chic. Elle aussi l'était, chic, même si le blazer qu'elle portait par-dessus un chemisier à col de dentelle, tout comme le collier de perles, auraient mieux convenu à une personne plus âgée. Maria Carlini devait avoir tout juste une vingtaine d'années.

– En tout cas, pour finir, nous avons donné raison à mon père.

– Comment ça ?

– Eh bien moi, je lui disais : il y a les forces de l'ordre, il y a les lois, il y a l'État, sinon quel sens ça a que je me sois inscrite en droit, imaginez-vous que je voulais devenir commissaire, ou magistrate... moi, je disais, portons plainte, portons plainte, tu verras, et lui : oui, bien sûr, et Maddalena ?

– Maddalena ?

– Maddalena est ma tante, la sœur de ma mère. Elle avait un voisin qui la harcelait depuis gamine. Plainte, injonction, arrestation, pfff... ils l'ont même mis en taule un moment, mais il n'y a pas eu moyen, il revenait toujours à la charge, ma tante était désespérée et à la fin, qu'est-ce qu'ils ont fait, ses parents ?

– Qu'est-ce qu'ils ont fait ?

– Ils l'ont envoyée à l'étranger. Moi, au contraire, je voulais résister, même si toutes les fois que je trouvais une de ses souris, vous savez, rien que d'y penser je me sens mal...

C'était vrai, parce que son visage se crispa comme si on lui avait fait un nœud et maintenant, oui, elle paraissait plus vieille.

– Alors, vu que je voulais de toute façon faire Erasmus à Londres, je suis partie. En somme, je me suis enfuie. Maintenant je suis là, à étudier le droit international des sociétés, alors, policier ou magistrat, tu peux courir.

Elle l'avait dit avec rage, comme si c'était de la faute de Grazia, qui se sentit embarrassée, et quand Maria lui demanda pourquoi c'était maintenant qu'ils avaient voulu lui parler, l'inspectrice ne sut que répondre.

– On croit l'avoir pris, dit-elle, bien que ce soit sans doute faux.

– Pris ? Pris qui ?

Il y avait une note bizarre dans la voix de Maria Carlini. Trop perdue.

– Votre harceleur. Nous avons de solides motifs de penser qu'un homme...

– Un homme ? Un homme ? Mais c'est pas un homme ! C'est une fille ! Ou plutôt une gamine ! C'est écrit dans la plainte, vous ne l'avez pas lue, la plainte ?

Non, elle ne l'avait pas lue. Et elle le regretta, parce que Maria Carlini la lui décrivit, la gamine, comme elle l'avait décrite dans la plainte, noir sur blanc.

Petite, les cheveux très courts, de grands yeux et des oreilles décollées.

Maria parlait encore, d'une voix qui devenait toujours plus aiguë, et elle avait commencé à crier quand la batterie s'épuisa et que le téléphone, d'un coup, s'éteignit.

Je suis nue et j'ai froid.

J'ai arraché les vêtements trempés qui pesaient sur moi.

J'ai laissé sur les marches de l'entrée les empreintes rouges de mes pieds nus jusqu'à ce que le sang de la policière se dissolve dans la pluie.

L'escalier, je l'ai monté en courant et en courant j'ai traversé la pièce avec le canapé vide.

Mais j'ai trouvé la porte fermée.

Pourquoi ?

Pourquoi ?

Pourquoi tu ne m'aimes pas ?

Pourquoi ?

Petite, cheveux courts, de grands yeux et les oreilles décollées.

Marta.

Ce n'était pas la seule personne au monde à correspondre à ces caractéristiques, mais Grazia était certaine qu'il s'agissait d'elle. Cela expliquait beaucoup de choses. Le lien avec l'Iguane, l'intimité, la possibilité d'entrer dans la résidence sans effraction, l'absence d'empreintes ou de traces de quelqu'un d'autre sur les lieux du crime, le fait d'être toujours au bon endroit au bon moment... le jour du massacre, les carabiniers ne l'avaient pas sauvée, ils l'avaient interrompue !

Téléphone muet et aveugle toujours en main, Grazia commença à se traiter d'idiote. Elle aurait pu y penser longtemps avant, tout le monde aurait pu y penser, s'ils n'avaient pas été occupés à interpréter la situation de manière erronée, parce que ça semblait tellement impossible que cet être minuscule, tellement petit et sans défense... et c'était elle, Grazia, qui l'avait fait entrer ! C'était elle, Grazia, qui l'avait amenée dans ces murs, avec eux !

– Où est mon pistolet ?

Sur le sol, il n'y avait que l'étui.

Ce fut alors qu'elle entendit les coups de feu. Elle les reconnut malgré l'orage, la pluie et le grondement du tonnerre, c'étaient les détonations d'un Beretta 92, comme le sien et comme celui des collègues. Elles étaient nombreuses.

Grazia sauta du lit. Il y avait une clé dans la serrure de la porte, elle la tourna vigoureusement, en se faisant mal à la main, et elle tira aussi sur la poignée pour s'assurer que c'était fermé. Il y avait quatre collègues armés et expérimentés, là dehors, mais elle s'était déjà trouvée dans des situations similaires et elle savait qu'il valait mieux ne se fier à rien. Pas même au professionnalisme d'Ersilia. Pas même aux grands yeux et à la petite voix de poupée de Marta.

Elle décrocha le couffin du portemanteau, le posa par terre, derrière la masse du lit, et s'accroupit elle aussi, étreignant le berceau pour couvrir les petites.

Elle fixait la porte, s'attendant à entendre Ersilia crier *Grazia, c'est moi, on l'a eue.*

Elle sentit un vide dans le ventre en pensant *oh mon Dieu, Simone!* parce qu'elle ne s'était rappelé qu'à ce moment-là qu'il était dehors, lui aussi.

Puis la poignée s'abaissa, insistante, obstinée, rageuse.

C'était Marta.

Je crie : ouvre, Grazia, c'est moi.
Je crie : ouvre, Grazia, c'est Marta.
Je crie : c'est nous, seulement nous, toi, moi et les petites.
Je crie : pourquoi ?
Je pleure : pourquoi, Grazia, pourquoi ?

Grazia pensa qu'elle pourrait lui parler à travers la porte. Gagner du temps. Peut-être que les collègues s'étaient seulement mis à couvert quelque part et que si Grazia réussissait à la distraire, ils pourraient intervenir. Peut-être pouvait-elle la faire entrer et lui bondir dessus. La prendre par surprise. Un instant, elle pensa aussi à appeler les secours sur le portable, avant de se souvenir qu'il était déchargé.

Elle allait dire *Martina*, quand l'explosion d'un coup de feu la fit rebondir sur ses genoux pliés, comme un ressort. La porte trembla dans un grand craquement sec qui souleva un nuage de poussière d'un gond, mais resta fermée. La clé gicla jusqu'au milieu de la pièce, laissant le trou de serrure gonflé comme une bouche déformée par un AVC.

Marta avait tiré dans la serrure.

Grazia savait que ce n'est pas comme ça qu'on ouvre une porte. Ça arrive seulement dans les films que tout le bloc saute et que la porte s'ouvre en grand. Dans la réalité, le projectile s'enfonce dans la serrure, qui alors oui, ne peut plus se débloquer et souvent la balle ricoche en arrière au risque de tuer quelqu'un.

Marta poussa un cri, de fait, et Grazia eut un instant d'espoir, mais juste après elle l'entendit secouer la poignée et frapper du poing sur le bois et aussi donner des coups de pied, mais heureusement elle était trop petite et trop légère.

Elle cessa vite et Grazia l'entendit pleurer derrière la porte. Doucement, comme si elle tenait son visage entre ses mains.

Elle allait encore dire *Martina* quand une autre détonation lui ferma de nouveau la bouche. Cette fois, le projectile troua la paroi de la serrure, passa au-dessus du lit en effleurant le couffin d'osier et alla s'écraser sur le mur dans le dos de Grazia. Les filles commencèrent à pleurer, ou peut-être qu'elles le faisaient déjà avant et qu'elle ne s'en apercevait que maintenant.

Elle renversa le lit pour s'abriter derrière mais ça ne servait pas à grand-chose car un autre projectile troua la porte et passa à travers le matelas à moitié affaissé sur le parquet et les lattes du sommier derrière. Marta tirait n'importe comment dans la serrure mais gardait le pistolet incliné vers le bas et les projectiles traversaient la pièce suivant un angle dangereux.

Grazia ne savait pas quoi faire. Elle courut à la fenêtre et l'ouvrit en quête d'une issue pour fuir. C'était trop haut : si la maison, bâtie sur la pente d'une colline, n'avait que deux étages sur la façade avant, elle en comportait trois à l'arrière, en comptant le cellier à l'entresol, et quand l'inspectrice se pencha sous la pluie pour regarder en bas, elle vit le toit défoncé et, entre les poutres, la forme blanche et immobile de Simone. Alors le désespoir lui bloqua la gorge d'un sanglot et elle aurait fondu en larmes si un autre projectile n'avait pas frappé le rebord de la fenêtre sur lequel elle s'appuyait, lui éraflant la main au passage.

Mais ce ne fut pas à cause de ça, ce ne fut pas à cause de la douleur qui lui brûlait la peau ni à cause de l'éclat de bois du montant de la fenêtre qui s'était planté dans son petit doigt, ce fut quand elle fit un saut de côté et vit que le crépi du mur avait été projeté dans le couffin, sur les petites qui criaient, rouges et contractées, les recouvrant comme une vilaine chute de neige, poudreuse et sale.

Alors Grazia hurla, ou plutôt rugit, prit le portemanteau et, s'en servant comme d'un gourdin, commença à frapper sur la serrure, d'en haut et sur le côté, jusqu'à ce qu'elle arrache la poignée et puis tout le bloc, avec le verrou, le pêne et la gâche, elle se jeta contre la porte qui céda et fonça sur Marta qui avait fait un pas en arrière, le pistolet baissé le long de la hanche, regardant le battant sans comprendre ce qui se passait.

Toutes les deux volèrent jusqu'au canapé, Grazia dessus, qui cherchait à l'immobiliser, et Marta écrasée sur les coussins éventrés. Elle avait perdu le pistolet, tombé par terre, et Grazia lui pressait une main sur le visage, tandis que de l'autre elle s'efforçait de lui attraper le poignet.

Mais moi, je suis une souris.

Je mords la main que j'ai sur la bouche et, quand tu la retires, je te mords le visage, enfonçant les dents dans la joue.

Je crache le goût de ton sang et je me dégage.

Je me recroqueville sous toi et pousse de mes pieds contre ta poitrine.

Tu ne peux pas me tenir.

Je suis une souris.

Grazia heurta le sol avec une violence qui lui coupa le souffle, la main et le visage lui brûlaient, ensanglantés. Marta était nue et il n'y avait pas de vêtements à quoi s'accrocher, mais quand elle passa au-dessus d'elle pour atteindre le pistolet, Grazia réussit à lui agripper une cheville et à la faire tomber.

Elles se relevèrent en même temps.

Le pistolet était entre elles, à égale distance.

Ne pas penser.

La fatigue est un chien aveugle. La douleur aussi est un chien aveugle, *si tu cours, elle te mordra le dos.*

Le poids n'est qu'un chiffre à atteindre. Une marche n'est qu'un chiffre à atteindre.

À dépasser.

Quand je respire, je sens l'air s'échapper d'un orifice dans mon nez cassé, me brûlant entre les lèvres écartées par la mâchoire tordue d'un côté.

Ne pas penser.

Je dois avoir une coupure à la tête, je la sens, poisseuse, dans mes cheveux, et une autre, profonde, le long de la cuisse, je l'ai touchée. Mais les os sont en place. Jambes, dos et bras.

J'ai été réveillé par le froid de la pluie qui me contractait la peau. Des frissons cuisants comme des pinçons. De l'eau qui tombait à verse sur mon corps endolori, comme sous la douche après un entraînement. Je me suis redressé, j'ai réussi, et ça, ça a été la partie la plus difficile. Puis, un pas après l'autre. C'est juste un chiffre à atteindre.

Sur la porte, je n'ai pas trouvé la lavande, balayée par l'orage, mais j'ai trébuché sur la policière enjouée. Je glissais sur son sang.

Ne pas penser.

Je monte les marches une à une, en m'appuyant au mur d'une main.

Une seule.

Dans l'autre, j'ai son pistolet.

Quand Simone entra dans la pièce, tordu et ensanglanté comme un zombie, bavant des bulles de salive rouge, pistolet à la main, Grazia tourna la première la tête vers lui et Marta, surprise, l'imita instinctivement. Maintenant elles avaient bougé et elles s'élancèrent ensemble, mais Grazia arriva la première, attrapa le Beretta et se jeta sur le côté, épaules baissées, comme si elles jouaient à la capture-du-drapeau et qu'elle ne voulait pas être touchée.

Marta fit un pas en arrière, comme pour prendre son élan, et tandis que Grazia levait le bras vers elle, elle sauta et frappa l'inspectrice au ventre de ses deux pieds nus, en plein sur la cicatrice, la repoussant.

Grazia passa à travers l'embrasure de la porte défoncée, tomba sur le sol de la chambre des petites avec la sensation que la coupure de la césarienne voulait l'ouvrir en deux et, quand elle réussit à se ressaisir, Marta était sur le seuil, pistolet au poing.

Elle se tourna sur le côté et vite, d'un seul mouvement, le leva et tira sur Simone.

Mais il ne se passa rien. Quelque chose avait dû se bloquer quand l'arme était tombée, car le Beretta s'enraya.

Simone n'entendit pas le déclic, il était trop loin, il n'y avait plus de coups de tonnerre mais la pluie crépitait encore fort. Il pointait l'arme d'Ersilia devant lui, en la déplaçant à droite et à gauche, et attendait que Grazia lui dise quelque chose. Il s'efforça de l'appeler, *'azia,* dans un crachat rauque qui resta dans sa mâchoire cassée, lui faisant trembler les jambes de douleur.

Grazia ne le voyait pas, elle était de l'autre côté du montant de la porte et, de toute manière, diriger à la voix le tir d'un aveugle, c'était là aussi un truc de film. Mais elle voyait Marta sur le seuil. Maintenant, elle tenait le pistolet par le canon, comme un marteau.

– Aime-moi, lui murmura-t-elle. Je t'en prie, aime-moi. Je ne veux pas vous faire de mal mais je vous tuerai, les petites et toi, si tu ne m'aimes pas. Mais je ne veux pas le faire, je t'en prie, je ne veux pas, je ne veux pas, je ne veux pas.

En glissant sur le sol, Grazia avait rejoint les petites. Elle étreignit le couffin. Elle le défendrait avec les ongles et avec les dents, avec n'importe quoi. Elle avait peur.

Marta passa sa main libre dans ses cheveux. Elle frappa avec les doigts au coin de son front, très vite, plusieurs fois.

– Aime-moi. Cette fois, vraiment. Pour toujours. Aime-moi.

Il y avait la pluie, il y avait les filles qui hurlaient, le murmure de Marta était à peine plus qu'un souffle et Grazia ne l'entendait pas. Simone, qui était loin, ne l'entendait pas, mais elle non plus, qui se trouvait à quelques mètres de distance.

Marta renifla. Les larmes coulaient le long de ses joues. Ses lèvres tremblaient.

Aime-moi, murmura-t-elle, *aime-moi*, dit-elle plus fort, *aime-moi !* cria-t-elle.

– AIME-MOI !

Simone l'entendit. Il déplaça le pistolet vers la gauche et, tenant son poignet de l'autre main pour ne pas trop dévier, vida tout le chargeur.

Grazia se recroquevilla sur le couffin, couvrant les petites parce que les balles s'étaient abattues sur le seuil et quelques-unes avaient pénétré dans la pièce. Elle resta là, l'écho des déflagrations lui sifflant encore dans les oreilles, le visage enfoui dans le couffin et les mains sur les petites, avec la terreur de prendre dans la tête un grand coup de crosse.

Mais ça n'arriva pas.

Grazia leva les yeux au-delà de l'embrasure de la porte et vit que Marta était au sol, sur le dos, touchée par un projectile.

Elle pleurait sans bruit, la bouche grand ouverte, une main sur les yeux, elle tremblait par à-coups, secouée de sanglots comme les enfants, les lèvres retroussées sur ses dents, elle pleurait, désespérée, et c'est en pleurant qu'elle mourut.

Amor.

Bologne 5

Le cadrage ça devrait aller, mais il y a un lampadaire juste derrière qui jette un reflet sur son crâne nu et on dirait qu'il a une auréole, pire encore, que ses oreilles sont en feu. Il essaie de l'éviter en se tournant encore un peu, mais alors on perd l'inscription sur le capot, "Demandez de l'aide à la Maison des femmes de Bologne 051 333173", et lui, il tient à la montrer chaque fois qu'il peut, il l'a fait floquer exprès sur la voiture, avec des fonds recueillis sur Twitter. À la fin, il trouve, en s'appuyant sur le capot, non pas une auréole flamboyante mais un contre-jour qui semble agencé par un metteur en scène et une des traductions du numéro et du message imprimés sur le montant, en arabe en l'occurrence. De toute manière, il sait bien qu'à l'instant où il se mettra à parler, il va oublier tout le reste et commencer à bouger, il n'est pas acteur, bien que tout le monde lui dise qu'il devrait.

– Alors, service de nuit à peine commencé et déjà ce qui m'est arrivé, dans l'ordre : une dame qui monte à la gare, *heureusement que vous êtes là, moi dès que la nuit tombe je ne sors plus, Bologne, c'est le Far West, la nuit il y a le couvre-feu, vous avez entendu ce qui s'est passé, quand, il y a trois ou quatre mois, ce massacre, là, paraît qu'il y avait un chauffeur de taxi concerné, je l'ai vu au journal télévisé, vous savez que vous lui ressemblez un peu ?* Moi : *oui, j'en ai entendu parler, mettez le masque, s'il vous plaît,* et elle : *bravo, bravo, oui, le masque, avec tous ces étrangers qui traînent, Bologne c'est le Far West, la nuit, il y a le couvre-feu, le masque, tu parles !*

De fait, il a bougé, il tourne sur lui-même et les lampadaires lui incendient la tête mais maintenant il est lancé et ne s'en aperçoit pas.

– Après, il y a un monsieur qui monte dans le quartier de la Foire, *salut, vous m'emmenez dans un hôtel en dehors de Bologne parce que, en ville, ils sont chers, mais j'ai pas beaucoup d'argent, choisissez un hôtel économique, après on verra s'il me reste des sous pour le taxi, en attendant vous pouvez me laisser me connecter sur Internet avec votre portable?* Bon, d'accoooord (*va beeene*, avec des *e* bien serrés), ensuite je charge un petit homme à l'aéroport, un étranger qui va à Maranello, bon, bien sûr, je fais le calcul, plus ou moins, ça représente quarante minutes de trajet, mais il savait déjà tout ça parce que c'est un type, ça se voit qu'il vient de temps en temps pour le travail, puis, sur la route, on est presque arrivés et il me fait…

Il se tape sur l'épaule, faisant sautiller l'image à l'écran.

– … *arrêtez, arrêtez, arrêtez, ça urge*, et donc je me suis engagé en pleine campagne, le long des rangées d'arbres, parce qu'il avait une envie de chier qu'il n'en pouvait plus. Bien. Moi, en tout cas, je lui ai même fourni des lingettes, à ce monsieur, donc service complet. C'est arrivé deux fois, on a mis une heure au lieu de quarante minutes et, à la fin, ce monsieur m'a gentiment laissé vingt euros de pourboire. Dix euros par caca, très gentil.

Il a envie de sourire, puis il voit la rangée des portiques qui se perd dans son dos. Son visage rond remplit presque tout le cadre mais laisse à découvert la queue de ce surprenant serpent jaunâtre d'ombres et de lumières qui se déroule dans son dos, désert et silencieux.

Il est à la station Nettuno.

Seul.

Chaque fois qu'il y pense, pendant un instant un nœud se forme dans sa gorge, le forçant à déglutir. Mais ça ne dure qu'un instant, il y a tellement de trucs à faire et à dire, s'il s'arrête il lui faudra tout refaire, et il y a une autre histoire qu'il veut raconter, celle qui lui plaît le plus.

– Après, je prends un autre monsieur, ici, justement, à la station, il va à Bolognina, bien, mais pendant qu'on roule arrive un DAE, l'appel pour un défibrillateur, moi j'en ai un dans la voiture…

Il le sort de sous le siège, un petit sac rouge avec un cœur dessiné dessus, il le brandit deux fois devant la caméra.

– … C'est un de ceux qu'on a à la Co.Ta.Bo., on est une trentaine de chauffeurs à avoir suivi la formation, il y a une application de la région Émilie-Romagne à télécharger et, s'il arrive quelque chose et que le taxi est plus proche que l'ambulance, le Samu nous appelle nous, bref…

Il remet le petit sac sous le siège et reste assis, bras appuyés sur le volant.

– … l'appel arrive, je suis à cinq minutes, alors je dis au monsieur *excusez-moi mais je dois y aller, qu'est-ce qu'on fait, vous venez avec moi ou je vous laisse là et je vous envoie une autre voiture ?* Et lui : *vous rigolez ? Je viens avec vous et je vous aide.*

Roberto sourit et hausse les épaules.

– Qu'est-ce que vous voulez que je vous dise ? Je fais le plus beau métier du monde dans la plus belle ville du monde.

Il y avait deux jeunes qui jouaient à l'entrée de la via d'Azeglio, ils interprétaient "Midnight in Moscow" au banjo et à la clarinette sur une base jazz très rapide, ils étaient très bons, les étuis de leurs instruments étaient déjà remplis de monnaie. Ils jouaient fort, pris par leur musique, c'est pourquoi Carlisi dut l'appeler à deux reprises, en agitant une main, avant que Grazia ne relève la tête de la poussette et s'aperçoive de sa présence.

– Grazia !

Il faisait déjà très chaud pour un mois de mars, mais il y avait du vent et Grazia était penchée sur la poussette pour arranger la couverture des fillettes, qui avaient quatre mois mais étaient encore assez petites pour y tenir à deux. Elle le vit assis sur un banc de la place, cigarette à la main, et se dépêcha d'approcher parce qu'il l'aurait appelée encore et les gens qui voulaient écouter les jeunes s'étaient déjà retournés pour lui lancer des regards agacés.

– Comment va ? Comment tu te portes ? Fais-moi voir les filles.

Il se pencha sur la poussette sans se lever. La dernière fois qu'ils s'étaient vus ne remontait pas à très longtemps, et pourtant le questeur adjoint semblait avoir vieilli. La barbe un peu longue, par exemple, ou les cheveux qui n'étaient pas seulement décoiffés mais ébouriffés, comme s'il venait de sortir du lit. Il montra sa cigarette, qui était presque finie.

– Regarde-moi ce que je suis obligé de faire. On m'a mis comme adjointe une petite conne qui me fait chier avec cette histoire du tabagisme sur son lieu de travail. Il y a bien le balcon mais je préfère sortir, comme ça je me prends un café et je regarde un peu les culs, l'été arrive. De toute manière, pour ce qu'ils me permettent...

Il tira une dernière bouffée puis laissa tomber le mégot et l'écrasa de la pointe du pied. Il y en avait déjà un autre sous le banc.

– C'est pas une adjointe, c'est une auxiliaire de vie. Ils parlent de retraite anticipée, de mutation à un autre poste, mais moi je résiste. Bien sûr, si t'étais là, ce serait différent. Moi je suis le connard qui a tout raté, toi tu es celle qui l'a prise.

Une des fillettes éternua. Grazia lui arrangea le bonnet de laine sur la tête et la montra à Carlisi. Elle les montra toutes les deux.

– Je suis une maman, maintenant.

– Pour l'instant. Ton congé est bientôt fini. Qu'est-ce que tu vas faire ?

Grazia montra de nouveau les fillettes.

– J'ai autre chose à penser.

– Mais tu ne me réponds pas. Comment ça se fait que tu emmènes tes jumelles se promener sous la questure ?

Du menton, il montra l'immeuble au bout de la rue, à l'angle. C'était celui de la Criminelle. Grazia sourit.

– La questure, c'est là-bas. Ici, on est au centre. Piazza Maggiore, via d'Azeglio, où est-ce que tu veux que je les emmène, les petites, toujours aux jardins Margherita ? Et puis, ici, on a le pédiatre.

– Des conneries.

– Peut-être. C'est possible. Mais maintenant, c'est comme ça. Pour l'heure, je suis une maman et c'est tout.

Carlisi aussi sourit, mais sur ses lèvres le sourire avait un pli plus ironique, plus méchant. Il toucha le sac à dos accroché à une des poignées de la poussette.

– Je parie que tu gardes ton arme là-dedans.

– Tu rigoles. Là, c'est des couches.

– Mais tu l'as, pas vrai ? Quelque part…

Il regarda derrière elle comme s'il voulait loucher sur la courbe de ses fesses mais il fixait plus haut, à la ceinture sous la veste en jean.

– J'ai eu de mauvaises expériences, murmura Grazia.

– Bon, d'accord, on en reparlera quand tu devras prendre une décision, parce que tôt ou tard tu devras le faire, tu verras.

– Je l'ai prise. Je suis une maman.

– On peut être les deux à la fois.

– Oui, mais je ne veux pas.

– On verra.

Carlisi avait déjà une autre cigarette allumée entre les doigts. Il souffla la fumée sur le côté, au loin, avant de se pencher de nouveau sur la poussette.

– Elles sont mignonnes. Elles te ressemblent. Ton ex, comment il va ?

– Bien, je crois. Il s'est repris. Ça fait un moment qu'on ne s'est pas parlé.

– Penses-y. Avec toi, ce serait différent. Et ça n'a pas été entièrement de ma faute, on a mal interprété les coïncidences, qui n'étaient pas vraiment des coïncidences, nous on n'y croyait pas, tout ça, c'était des trucs qui devaient arriver et qui avaient une signification qui n'était pas la nôtre, tu me suis ? Non, eux non plus, ils ne m'ont pas compris, je ne me comprends pas moi-même, tu parles… et putain comment on pouvait imaginer qu'un petit écureuil comme ça… combien elle en a tué, Grazia ? Bon Dieu, combien elle en a tué ?

Elle ne voulait pas y penser. Elle ne voulait plus y penser. Grazia voulait tout oublier, même si elle avait encore sur la joue la marque des dents de Marta, même si elle se réveillait la nuit, assise dans son lit souffle coupé, haletant dans le noir. Elle dormait avec les jumelles à ses côtés, entre elle et le mur, et elle leur arrangeait la couverture une dizaine de fois, le doigt devant leur bouche ou une main sur le dos, pour sentir comment elles respiraient. Elle gardait le pistolet sur la table de nuit.

Mais elle ne voulait pas y penser. Il y avait cette brise persistante et encore trop froide, c'est ça qu'elle voulait avoir en tête, et rien d'autre. Une petite avait éternué. Il valait mieux rentrer.

Elle dit au revoir à Carlisi et se mit en route avec la poussette, prenant justement la via d'Azeglio pour ne pas aller de l'autre côté, vers la questure.

Un peu plus loin, elle s'arrêta et sortit le téléphone de la poche de la veste. Elle fit courir son pouce sur l'écran jusqu'à la fenêtre des appels récents et toucha le nom de Simone. Elle resta un moment à regarder l'appareil qui sonnait dans le vide, *appel portable*, jusqu'au bout.

Elle l'avait déjà fait tant de fois, depuis lors. Elle était aussi passée chez lui, pour sonner à l'interphone, et l'avait appelé comme ça, au téléphone, d'abord tous les jours plusieurs fois par jour, puis toujours moins, et maintenant une fois de temps en temps.

Il ne lui avait jamais répondu.

Je fais glisser mes semelles sur le sol, doucement, jusqu'à ce que je rencontre la barre qui me touche entre tibia et cheville. Alors, je recule d'un demi-pas, un peu moins même, pour avoir la barre en travers sur les pieds, exactement au milieu. Je n'ai pas besoin d'ajuster les jambes, qui sont déjà écartées comme il faut.

Mon problème, je pense, ce sont les doigts.

Il m'a fallu un moment pour récupérer, mais j'y suis arrivé. Tout doucement, avec l'anxiété du désir, mais sans me hâter, j'ai tendu les muscles sous les charges jusqu'à ce que je les sente de nouveau compacts comme un réseau solide et serré, sous la peau.

Par chance, je ne m'étais rien cassé d'indispensable. Ma mâchoire est encore raide et empâte mes mots, mais peu importe, parce que je ne parle avec personne. Mon nez est resté tordu, mais personne ne me regarde, et moi encore moins.

Il n'y a que la tête qui me tournait parfois, mais plus maintenant.

Maintenant, je suis de nouveau moi.

Je plie les genoux, le dos droit, jusqu'à ce que mes mains rencontrent la barre. Je remplis mon ventre d'air.

Mon problème, ce sont les doigts.

Je dois serrer fort.

J'agrippe le métal strié, prêt à soulever l'haltère.

Le poids, je le sais, n'est qu'un chiffre à atteindre.

Moi je vis là.

Je vis à l'intérieur.

Note

Les vers p. 11, 101 et 167 sont tirés de “Léon” des Melancholia. Texte de Benedetta Alessi et musique de Mauro Formica et Diego Radicati. © 2021 by Sony Music Publishing (Italy) Srl. Tous droits réservés pour tous pays. Reproduit avec l’aimable autorisation de Hal Leonard Europe Srl *obo* Sony Music Publishing (Italy) Srl. Traduction du traducteur dans la version française.

Les vers aux p. 16, 17, 53, 54, 97, 158, 160, 161, 176 et 185 sont tirés de “Lost Umbrella”. Texte et musique d’Inaba Kumori et Kaai Yuki. © 2020 Inaba Kumori.

Les vers p. 60 et 61 sont tirés de “Amandoti”. Texte de Giovanni Lindo Ferretti et musique de Massimo Zamboni. © 1990 by Bmg Rights Management (Italy) Srl. Tous droits réservés pour tous pays. Reproduit avec l’aimable autorisation de Hal Leonard Europe Srl *obo* Bmg Rights Management (Italy) Srl.

Les citations p. 132 et 199 sont tirées de Raul Montanari, *La perfezione*, Baldini + Castoldi, Milan, 2019.

Remerciements

Par où commencer ?

Partons de la musique. Sans vouloir donner dans l'héroïsme, surtout pas, il faut dire que quand on écrit un livre et qu'on se trouve dans ce moment particulièrement intense où l'histoire pousse pour sortir, c'est comme avoir une brûlure sur la peau, ou une blessure. Tout ce qui l'effleure, même si c'est juste l'air, brûle et d'une manière ou d'une autre s'y retrouve mêlé. Je l'avais en tête, ce roman-là, mais il était tout comprimé là-dedans, il manquait cette étincelle qui allumerait la mèche. Puis, un jour, je regardais les sélections de *X Factor** à la télé, arrive le groupe Melancholia qui chante "Léon" et *boum!* Comme pour *Almost Blue* et les autres romans qui ont pour personnage principal Grazia Negro, c'est une chanson – une musique, une voix ou même juste un regard – qui m'indique l'esprit, la magie et la folie de l'histoire que je suis en train d'écrire. Donc merci à eux de me l'avoir montrée. Puis, vu que la blessure était ouverte, voilà qu'à un certain moment – toujours dans *X Factor*, ce pour quoi je devrais les remercier aussi –, j'entends "Amandoti", mais dans la version de Naip, qui, dans sa manière de l'interpréter, me fait comprendre d'autres choses. Merci aussi à lui, donc. "Lost Umbrella", en revanche, je le dois à mes filles, qui ont dix ans mais écoutent des trucs pires que moi quand j'étais punk. Je leur ai fait écouter quelques vieux classiques du genre et elles m'ont regardé comme le grand-père qui vous raconte

* Version italienne d'une émission de télé-crochet britannique du même nom.

quand il dansait la mazurka. Kaai Yuki ne paraît pas aussi extrême mis à part que c'est un Vocaloid et que dans la réalité il n'existe pas – et cela est déjà assez inquiétant –, j'y ai perçu une folie qui m'a fait comprendre beaucoup d'autres choses. Sur mes personnages et sur moi, n'est-ce pas, pas sur les filles, elles collaient encore des images Panini il n'y a pas longtemps.

Maintenant je passe aux personnages, cela paraît bizarre, dans un roman d'imagination, de les remercier eux aussi mais de temps en temps, dans mes histoires, se retrouve une personne qui existe vraiment, parce qu'elle me prête son nom, sa physionomie et un peu de sa vie, comme mon amie Grazia Negro, qui dans la réalité fait complètement autre chose puisqu'elle s'occupe de musique. Ou comme Roberto, qui conduit vraiment Bologne 5 et qui interprète une version réduite de lui-même, parce que dans la vie c'est un personnage bien plus incroyable, exceptionnel et fantastique que je ne l'ai décrit. En plus d'être, avec sa compagne Annabella, personnage de roman elle aussi, une des personnes les plus sympathiques, positives et généreuses que je connaisse. Merci aussi pour m'avoir documenté un peu sur le monde magique des taxis et m'avoir fait découvrir sur Bologne des choses que je ne connaissais pas.

Les personnes. Massimo Picozzi n'est pas entré directement dans ce roman, comme cela s'est produit dans le précédent, mais ce sont ses enseignements qui sont entrés, sur les objectifs obscurs de notre psyché, dont il est un maître indiscutable, et pour cela je remercie aussi Corrado De Rosa, psychiatre lui aussi. Si j'ai forcé la main à la criminologie, ce n'est pas de leur faute, mais pour des besoins narratifs ou parce que c'est moi qui suis un charlatan.

Même chose en ce qui concerne l'haltérophilie, très noble activité à laquelle je me suis intéressé avec une passion et un zèle dignes des meilleures causes – je crois que je suis trop vieux – et dont Simone donne une interprétation toute personnelle. Je me suis surtout appuyé sur les enseignements en ligne de Nicholas Rubini, le Viking, un maître, et sur les textes d'Andrea Roncari, publiés par Project Invictus : si j'ai trop simplifié, ou pire, déformé, les mêmes excuses sont de mise : les besoins narratifs et c'est ma faute si je suis un charlatan.

Je ne connais pas grand-chose au yoga, je me suis appuyé sur les informations fournies par des amis très experts comme Barbara Piccinnu, et sur des cours en ligne, dont ceux d'Ariane Ravazzi. Je les remercie également.

Merci aussi à Raul Montanari, pour le début de son très beau livre *La perfezione*, et aussi à tous les autres collègues parce qu'on sait bien que, quand on écrit, on prend dans tout ce qu'on a lu.

Et merci à Paolo Giacomoni, un autre qui fait beaucoup de belles choses à Bologne et qui, depuis l'époque de *Almost Blue*, m'a appris tant de choses sur le monde et la vie quotidienne des non-voyants. Mon Simone est né de ça, et comme dans ce roman il est revenu avec beaucoup de ces sensations, je le remercie encore maintenant, du fond du cœur.

Et comme les livres, même les romans, ne se font pas seuls, j'ajoute aussi Beatrice Renzi, mon assistante, Roberto Santachiara, mon agent, toute la maison d'édition Einaudi et en particulier Pablo Repetti et Francesco Colombo, d'Einaudi Stile Libero, et Chiara Bertolone, qui a eu le professionnalisme et la patience, en plus de la compétence créatrice, de mettre au point un déluge de modifications arrivées en traître et hors délai, comme cette note finale.

Et comme il est vrai que ça n'a rien de bien héroïque mais que, quand on écrit, on se met dans tous ses états, et qu'on met aussi les autres dans tous leurs états, je remercie aussi ma femme Yodit et ma famille, y compris pour tout ce qui n'a rien à voir avec ce livre.

Si j'ai oublié quelqu'un, et ça a dû arriver, je lui présente mes excuses. Aucun rapport avec les besoins narratifs, ni avec le manque de temps et d'espace.

C'est moi qui suis un charlatan.

Commencé à Mordano (province de Bologne), je ne me rappelle plus bien quand parce que je n'ai pas écrit la date, et fini sur le parking du restaurant Al Cambio à Bologne, l'ordinateur appuyé sur le volant, lundi 11 octobre 2021.

En scannant le QR code ci-dessous ou en entrant **metailie.premierchapitre.fr** dans la barre d'adresse de votre navigateur, vous accédez directement aux derniers extraits de nos nouveautés à paraître.

BIBLIOTHÈQUE ITALIENNE
dirigée par Serge Quadruppani

Bel Paese
Anthologie présentée par Serge Quadruppani

Carlo ANIMATO
Nerofumo (avec C. Miccinelli)

Gianni BIONDILLO
Le Matériel du tueur
Le Charme des sirènes

Carlo BONINI
Suburra (avec G. De Cataldo)
Rome brûle (avec G. De Cataldo)

Sandro BONVISSUTO
Dedans

Andrea CAMILLERI
L'Opéra de Vigàta
Le Coup du cavalier
La Disparition de Judas
La Pension Eva
Le Tailleur gris
Intermittence
Le Toutamoi
Noli me tangere, Ne me touche pas

Ottavio CAPPELLANI
Qui est Lou Sciortino ?

Gaetano CAPPELLI
Irrésistible ascension du vin Aglianico à travers le monde

Massimo Carlotto
Padana City (avec M. Videtta)
À la fin d'un jour ennuyeux
Le Souffle court

Marcella Cioni
La Corimante

Gioacchino Criaco
Les Âmes noires
American taste
La Soie et le Fusil
La Maligredi

Giancarlo De Cataldo
Romanzo Criminale
La Saison des massacres
La Forme de la peur (avec M. Rafele)
Les Traîtres
Je suis le Libanais
Suburra (avec C. Bonini)
Rome brûle (avec C. Bonini)
L'Agent du chaos
Alba nera
Je suis le châtiment

Francesco De Filippo
Le Naufrageur
L'Offense

Elvira Dones
Une petite guerre parfaite

Valerio Evangelisti
La Coulée de feu

Claudio Fava
La Vengeance de Teresa

Giuseppe Genna
L'Année-lumière

Laura Grimaldi
Monsieur Bovary
Le Soupçon
La Peur

Carlo Lucarelli
La Huitième Vibration
Albergo Italia
Le Temps des hyènes
Une affaire italienne
Péché mortel
L'Iguane

Loriano Macchiavelli
Les Souterrains de Bologne
Bologne ville à vendre
Derrière le paravent

Luca Masali
Kadhafi, le foot et moi

Clara Miccinelli
Nerofumo (avec C. Animato)

Giuseppe Montesano
Dans le corps de Naples
Cette vie mensongère

Luigi NATOLI
Le Bâtard de Palerme
La Mort à Messine
Coriolano

Mimmo RAFELE
La Forme de la peur (avec G. De Cataldo)

Eduardo REBULLA
Le Triomphe de la mort

Michele SERIO
Pizzeria inferno

Walter SITI
Résister ne sert à rien

Sara VALLEFUOCO
Noir d'encre

Marco VIDETTA
Padana City (avec M. Carlotto)

WU MING
Manituana
Proletkult
L'Invisible partout

WU MING 1
New Thing

WU MING 2
Guerre aux humains

WU MING 4
L'Étoile du matin

Cet ouvrage a été composé par
Atlant'Communication
au Bernard (Vendée)

ACHEVÉ D'IMPRIMER SUR ROTO-PAGE
PAR L'IMPRIMERIE FLOCH À MAYENNE
EN JANVIER 2025

N° d'édition : 0765001 – N° d'impression : 106304
Dépôt légal : mars 2025

Imprimé en France